नाटक

आस पड़ोस

गुलज़ार

आस पड़ोस

राधाकृष्ण प्रकाशन

ISBN : 978-81-961487-5-1

आस-पड़ोस

पहला संस्करण : 2023

मूल्य : ₹595

प्रकाशक
राधाकृष्ण प्रकाशन प्राइवेट लिमिटेड
जी-17, जगतपुरी, दिल्ली-110 051
शाखाएँ : अशोक राजपथ, साइंस कॉलेज के सामने, पटना-800 006
पहली मंजिल, दरबारी बिल्डिंग, महात्मा गांधी मार्ग, प्रयागराज-211 001
वेबसाइट : www.radhakrishnaprakashan.com
ई-मेल : info@radhakrishnaprakashan.com

मुद्रक
विकास कंप्यूटर एंड प्रिंटर्स
ट्रॉनिका सिटी-201 102

AAS-PADOS
Plays by Gulzar

सलीम आरिफ़
के नाम

तोरन...

सरे राह चलते-चलते...

सलीम आरिफ़ मिल गए।

हम दोनों एक सड़क के दो सिरों पर चल रहे थे। मैं फ़िल्में और सीरियल बना रहा था और वो थियेटर की जद्दोजहद में मसरूफ़ थे। साथ-साथ फ़िल्मों में भी शामिल थे। श्याम बेनेगल के सीरियल 'भारत एक खोज' में बहुत कुछ कर रहे थे। एक रोज़ सड़क पार करके मुझसे मिलने आ गए और 'मिर्ज़ा ग़ालिब' सीरियल में शामिल हो गए।

सलीम आरिफ़, लखनऊ से हैं, इसलिए ज़बान और अदब से ख़ूब वाबस्ता हैं। बहुत लुत्फ़ आया। चलते-चलते वो मेरी फ़िल्मों में भी शामिल हो गए—जब तक हम 'माचिस' और 'हू तू तू' मुकम्मिल करते, सलीम के थियेटर के वसीले भी बनने लगे। मैंने सड़क पार की और उनके साथ हो लिया।

'ख़राशें' हमारा पहला तज्रिबा था—

सलीम, मेरी अदबी काविशों से वाक़िफ़ थे। नज़्म-व-नस्र की किताबें पढ़ चुके थे। और जो लिख रहा था वो भी देख रहे थे। एक दिन हिन्दुस्तान की तक़सीम और फ़सादात पर लिखी मेरी कहानियाँ चुनकर लाए और बताया कि वो उन्हें ड्रामे की शकल में पेश करना चाहते हैं, और उसी विषय पर लिखी नज़्में माँगी...

मैंने उज़्र पेश किया कि जो लोग कहानी सुन रहे हैं वो बीच में नज़्में क्यों सुनेंगे?

सलीम ने सफ़ाई दी, "जिस तरह सूत्रधार और गीत, कथाओं में वक़्फ़ा पैदा करते हैं, जदीद यानी मॉडर्न फ़ॉर्म में वही काम नज़्में करेंगी।"

मेरी समझ में नहीं आया...

मामूल के मुताबिक़, सलीम मुस्कुरा दिए और बोले, "आप इजाज़त दें तो मैं कुछ नज़्में किताबों से ले लूँ और कुछ जो आप मुझे सुना चुके हैं, वो दर्ज कर लूँ।"

सलीम को इजाज़त की ज़रूरत नहीं होती। उन्हें जो चाहिए, वो ले लेते हैं और मैंने भी इनकार नहीं किया।

'ख़राशें' जब तैयार हुआ तो उसमें एक कहानी समरेश बसु की भी थी—'ख़ुदा हाफ़िज़', जिस पर मैं एक क़िस्त अपने सीरियल 'किरदार' में बना चुका था।

सलीम क्योंकि एनएसडी के गोल्ड मेडलिस्ट हैं, इसलिए स्टेज पर बड़ी बेतकल्लुफ़ी से टहलते हैं। कहानियों में नज़्में पुरो के सलीम ने तीन कहानियों का एक ख़ूबसूरत 'तोरन' पैदा कर दिया। ये फ़ॉर्म उनकी अपनी ईजाद की हुई है।

कुछ-कुछ मेरी भी समझ में आने लगा। मैं फिर 'आस-पड़ोस' के मुद्दों पर कहानियाँ बुनने लगा।

हमने फिर तीन कहानियाँ चुनीं। 'बॉर्डर' के विषय पर। एक 'तोरन' तैयार किया 'लकीरें' नाम से। तक़सीम को साठ साल गुज़र चुके थे।

कुछ समझ गया। कुछ सीख गया। मैंने बम्बई के माहौल पर तीन कहानियाँ चुनीं और नया 'तोरन' 'अठन्नियाँ' नाम से लिख के सलीम के सामने रखा। कुछ रद्दोबदल और नज़्मों के इन्तख़ाब के बाद सलीम ने वो भी क़बूल कर लिया।

'आस-पड़ोस' के तीनों ड्रामे सलीम की रहनुमाई में पैदा हुए, इसलिए ये किताब उन्हीं के नाम मनसूब कर रहा हूँ।

—गुलज़ार

क्रम

ख़राशें

1947 में इतनी लाशें गिरती देखीं और इतने फ़सादात भड़कते देखे कि उनकी छाप अब तक आँखों से उतरी नहीं।

आसमान पर उड़ती चीलें भी देखूँ तो गिद्ध लगते हैं—कहीं कोई सफ़ा खुल जाता है, कोई बेकफ़न लाश नज़र आ जाती है। कोई बेकफ़न दिन जो अब तक दफ़नाया नहीं गया।

सलीम आरिफ़ बहुत सालों से मेरे साथ हैं। दोस्त भी हैं, माऊन भी। उम्र में मुझसे कम हैं, इसीलिए कम फ़सादात देखे हैं। ये मौज़ूँ जो बार-बार मेरी नज़्मों और अफ़सानों में उभर आता था, उससे वो बेचैन रहते थे। यह उन्हीं की कोशिश है, और उन्हीं का इन्तख़ाब, कि उन नज़्मों, अफ़सानों को एक कोलाज़ की सूरत देकर स्टेज पर खड़ा कर दिया। 'सलीम' एक बा-शऊर इनसान हैं, और चाहते हैं कि हम सब मिलकर अपने सुलूक और बर्ताव को दुरुस्त करें। ताकि इन उड़ती चीलों की बला हमारे आसमाँ से हट जाए।

—गुलज़ार

पहला दृश्य

[स्टेज की मद्धम रौशनी में एक दायरा उभरता है जिसमें किशोर (पहला रावी) खड़ा पहली कविता पेश करता है...!]

रावी-1 : ज़रा सा आओ ना बैठो, वतन की बात करें
उम्मीदें डूब गईं जो निगल निगल के भँवर
उम्मीदें, हाँफ रही हैं जो बादबानों में
उम्मीद-ओ-शौक़ के क़तल-ओ-ग़बन की बात करें...?
वतन की बात करें!
गुज़श्ता सालों में ऐसा नहीं कि कुछ न हुआ
गुज़श्ता सालों में लेकिन—
फ़लक खुला तो गिरी धूप, जैसे गर्द गिरे
हर एक रोज़ फ़लक पोंछा, उठ के साफ़ किया

हमारे टख़नों पे कुल्हाड़ियाँ गिरीं लेकिन
लहू-लुहान क़दम, सीढ़ियों पे चढ़ते रहे
निकल तो आए हैं, हम घुटनों-घुटनों दलदल से
अभी खुला नहीं...कैसे चमन की बात करें
चलो ना...चलते चलें...और वतन की बात करें...!

[पहला रावी चला जाता है। स्टेज पर अँधेरा हो जाता है। एक उदास-सी मौसीक़ी उभरती है—और अँधेरे में गूँजती एक आवाज़ :]

आवाज़ : सन् 1947 में आग और ख़ून से लिपटी एक लकीर मुल्क को काटती हुई गुज़र गई और मुल्क तक़सीम हो गया। लाखों लोग दोनों तरफ़ फ़िरकावाराना वहशत का शिकार हुए। पचास साल से ज़्यादा हो गए वो फ़सादात आज भी जारी हैं। एक जगह आग बुझती है तो दूसरी तरफ़ धुआँ सर उठा लेता है। एक आस्तीन पर ख़ून सूखता है तो दूसरे एक हाथ की उँगलियाँ ख़ून में डूबी हुई नज़र आती हैं। कभी पंजाब, कभी बंगाल, कभी गुजरात में और कभी महाराष्ट्र में...ये ज़ख़्म भरते नहीं, बस एक खुरुंड-सा जम जाता है, कुछ देर के लिए। फिर कहीं दंगे शुरू होते हैं और ख़राशें फिर से रिसने लगती हैं। अब तो लगता है, ये ज़ख़्म आँखों से चिपक गए हैं...आँखें बहती रहती हैं और ज़ख़्म रिसते रहते हैं...!

[मौसीक़ी धीमी होते-होते स्टेज के कोने से हलकी सी रौशनी उभरनी शुरू होती है जिसमें अतुल कुलकर्णी (दूसरा रावी और किरदार) कुर्सी पर बैठा अख़बार पढ़ रहा है। थोड़े से वक़्फ़े के बाद अगली कविता पेश करता है।]

रावी-2 : सारा दिन मैं ख़ून में लथपथ रहता हूँ
सारे दिन में सूख-सूख के काला पड़ जाता है ख़ून
पपड़ी सी जम जाती है

खुरच-खुरच के नाख़ूनों से
चमड़ी छिलने लगती है
नाक में ख़ून की कच्ची बू
और कपड़ों पर कुछ काले-काले चकत्ते से रह जाते हैं
रोज़ सुबह अख़बार मेरे घर
ख़ून में लथपथ आता है!

[स्टेज के दूसरे कोने से गणेश (रावी-3) आता है और रौशनी उस पर टिक जाती है। रावी-2 उठकर चला जाता है। रावी-3 अगली कविता पेश करता है।]

रावी-3 : शहर में आदमी कोई भी नहीं क़त्ल हुआ
नाम थे लोगों के जो क़त्ल हुए
सर नहीं काटा, किसी ने भी, कहीं पर कोई
लोगों ने टोपियाँ काटी थीं कि जिनमें सर थे।

और ये बहता हुआ सुर्ख़ लहू है जो सड़क पर
ज़बह होती हुई आवाज़ों की गर्दन से गिरा था!

[रावी-3 की कविता के अन्त में लुब्ना (रावी-4) स्टेज के दाएँ तरफ़ से आती है, उसके हाथ में एक बच्चे का स्कूल बैग और पानी की बोतल है। रावी-3 विंग्स में चला जाता है।]

रावी-4 : अपनी मर्ज़ी से तो मज़हब भी नहीं उसने चुना था
उसका मज़हब था जो माँ-बाप से ही उसने विरासत में लिया था

अपने माँ-बाप चुने कोई, ये मुमकिन ही कहाँ है
मुल्क में मर्ज़ी थी उसकी, न वतन उसकी रज़ा से

वो तो कुल नौ ही बरस का था उसे क्यों चुनकर
फ़िरक़ावाराना फ़सादात ने कल क़त्ल किया...?

[रावी-4 की कविता के अन्त में स्टेज के बीच से यशपाल, रावी-5 दाख़िल होता है। उसके कविता बोलने के साथ ही रावी-4 पर स्पॉट गुल हो जाता है। रौशनी सिर्फ़ रावी-5 पर रह जाती है।]

रावी-5 : मौजज़ा कोई भी उस शब ना हुआ
जितने भी लोग थे उस रोज़ इबादतगाह में
सब के होंठों पे दुआ थी
और आँखों में चिराग़ां था यक़ीं का
कि ख़ुदा का घर है
ज़लज़ले तोड़ नहीं सकते इसे, आग जला सकती नहीं
सैकड़ों मौजज़ों की सब ने हिकायात सुनी थीं

सैकड़ों नामों से उन सब ने पुकारा उसको
ग़ैब से कोई भी आवाज़ नहीं आई किसी की
न ख़ुदा की...न पुलिस की!

सब के सब भूने गए आग में, और भस्म हुए
मौजज़ा कोई भी उस शब ना हुआ!!

[कविता के ख़त्म होते ही स्टेज के बाएँ तरफ़ से रावी-1 दाख़िल होता है। कविता शुरू करने से पहले रावी का स्पॉट बढ़ता है।]

रावी-1 : आग का पेट बड़ा है
आग को चाहिए, हर लेहज़ा चबाने के लिए
ख़ुश्क करारे पत्ते
आग कर लेती है तिनकों पे गुज़ारा लेकिन...
आशियानों को निगलती है निवालों की तरह
आग को सब्ज़ हरी टहनियाँ अच्छी नहीं लगतीं
ढूँढ़ती है कि कहीं सूखे हुए जिस्म मिलें!

उसको जंगल की हवा रास बहुत है फिर भी
अब ग़रीबों की कई बस्तियों पर देखा है हमला करते
आग अब मन्दिर-व-मस्जिद की ग़िज़ा खाती है!
लोगों के हाथों में अब आग नहीं
आग के हाथों में कुछ लोग हैं अब!

[नज़्म की आख़िरी सतरों पर धीरे से सायरन की आवाज़ और संगीत उभरता है और स्टेज पर अँधेरा छा जाता है। कुछ वक़्फ़ों के बाद रौशनी बदलती है। और 'हिल्सा' की कहानी शुरू होती है।]

[कंचन स्टेज पर बने 'प्लेटफ़ॉर्म' पर रसोई के काम में मगन दिखती है। वो परात में मछली साफ़ करती नज़र आती है। भिभूती, टहलते हुए, धोती खोंसते, रसोई तक आए और दरवाज़े ही से बोले :]

भिभूती : आज अख़बार ही नहीं आया अभी तक! लगता है बाग बाज़ार का रास्ता भी बन्द हो गया।

[कंचन मच्छी में मगन थी। बोली :]

कंचन : हिल्सा की आँखें कितनी सुन्दर होती हैं, गो जल परी लगती है।

[कंचन बड़ी परात में पानी डाल के मच्छी को नहला रही थी। भिभूती ज़रा सा मुस्कुराए।]

भिभूती : बहुत लाड़ आ रहा है? हूँ? बिन मौसम का खाजा ले आया है रामू, जानो?

कंचन : माने?—

[भिभूती की आँखों में दानाई की चमक दिखाई दी।]

भिभूती : जिन महीनों में 'R' न हो, उन महीनों में मच्छी नहीं खाया करते। वर्जित है!

[कंचन उन्हीं की तरफ़ देख रही थी—]

भिभूती : जैसे मई, जून, जुलाई, अगस्त—अब सोच के देखो—जनवरी से दिसम्बर तक बाक़ी सब महीनों में 'R' लगता है!

[कंचन ने मन-ही-मन हिसाब लगाया, और हाथ ठोड़ी पर आ गया।]

कंचन : मागो! अच्छा, क्यों नहीं खाते इन महीनों में?

[भिभूती ने रवायती बंगाली शोहर की तरह नस्वार की चुटकी खींची, और धोती सँभालते हुए, रसोई की दहलीज़ पर ही बैठ गए।]

भिभूती : मई से अगस्त तक मच्छियों का ब्रीडिंग पीरियड (Breeding Period) होता है। उन दिनों गर्भवती होती हैं मच्छियाँ। जिस तरह पत्नी गर्भवती हो तो पति उन दिनों में...

कंचन : धत! कि अशोब कथा बोलछो...!
इतने बड़े हो गए, अभी तक दुशटुमी नहीं गई।

[हँसते हुए भिभूती वहाँ से उठ गए। जाके अपना टी.वी ऑन कर दिया। ख़बरें आ रही थीं दंगों की। जगह-जगह मार-काट चल रही थी। बाज़ार बन्द हो गए थे। शहर में कई जगह क.र्फ़्यू लग गया था। वो बुड़बुड़ाए।]

भिभूती : शायद इसीलिए! मच्छियाँ बाज़ार तक पहुँचीं नहीं। और रामू को घाट पर सस्ते में मिल गई।

[ये एक और अक़्ल की बात बताने रसोई तक गए तो कंचन पीछे के नल पर नहाने गई थी। रसोई पार करके, भिभूती वहाँ तक पहुँच गए। साड़ी तार पे डाल के कंचन ने परदा कर लिया था। भिभूती बोले :]

भिभूती : शुन्चो—!

कंचन : हैं! बोलो—?

भिभूती : ये रामू जो है ना, ये सुबह घाट पर गया होगा और...

[कहते-कहते उन्होंने थोड़ा सा परदा उठा दिया।]

कंचन : धत...!

[लोटा भर के पानी उनके मुँह पर पड़ा—]

कंचन : हटो यहाँ से—शुक्र करती हूँ, सुबह-सुबह दफ़्तर जाते हो तो...

[भिभूती हट गए।]

भिभूती : अभी तक अख़बार भी नहीं आया, तो बेकारी में क्या करे आदमी। मैं मच्छी साफ़ कर दूँ?

कंचन : हरगिज़ नहीं! हाथ मत लगाना उसे।

[भिभूती ऊपर से नीचे, नीचे से ऊपर तक टहलते रहे। और बुड़बुड़ाते रहे।]

भिभूती : टी.वी. पर भी और कोई प्रोग्राम नहीं। 'चित्रगीत' के बाद ख़बरें, ख़बरों के बाद फिर 'चित्रगीत' ब्लैक एंड व्हाइट टी.वी. में गानों का मज़ा भी नहीं आता।

[भिभूती ऊपर टहलते हुए बोले :]

भिभूती : कलर के ज़माने में ये ब्लैक एंड व्हाइट टी.वी.! हीरोइन के कपड़े और कूल्हे एक ही रंग के। पेट और ब्लाउज़ में कोई फ़र्क ही नहीं। ये क्या बात हुई?

[एक बार फिर, घर में रामू की आवाज़ आई।]

रामू : बोऊमाँ—

भिभूती : पता ही नहीं चलता, वो कब आता है घर में कब निकल जाता है। सारे मोहल्ले का काम करता है।

[वो ग़ुसलख़ाने के बाहर खड़ा पूछ रहा था।]

रामू : बोऊमाँ—माछ का मसाला पीस दूँ? राई दे के बनेगी तो?

[कंचन की आवाज़ आई थी। पर्दे की आड़ से!]

कंचन : मसाला टुनटुनी की मिक्सी में पिसवा के ले आ—मैं आती हूँ।

[टुनटुनी पड़ोसियों की छोटी लड़की का नाम था। रामू फिर निकल गया। भिभूती को अच्छा नहीं लगा, रामू उनकी पत्नी से बातें करे, वहीं खड़े हुए, जब वो नहा रही हो। टी.वी. में बहुत डिस्टर्बेंस (disturbance) थी, बन्द करके, आरामकुर्सी में पसर गए। पूजा घर में घंटी बजनी शुरू हुई तो समझ में आ गया। वो बुड़बुड़ाए :]

भिभूती : कंचन नहाकर लौट चुकी है। थोड़ी देर में प्रसाद मिलेगा— कंचन हाथ पर नहीं देगी। कहेगी—"हाथ धोकर आओ," हम मुँह खोल देंगे और कंचन प्रसाद मुँह में टपका देगी।

[कंचन नई धुली-सी साड़ी पहने, बाल खोले, पूजा की थाल हाथ में लिये आती है।]

कंचन : नहाए नहीं अभी तक?

भिभूती : ऊँ हुँ!—

[मुंडी हिला के, मुँह खोल दिया भिभूती ने। प्रसाद मुँह में डालते हुए, कंचन के गीले-गीले बाल उनके चेहरे पर आ पड़े—बाल हटाते हुए, भिभूती ने कंचन के गाल पे चुटकी ले ली।]

कंचन : उफ़! शमये, अशमये कुछ नहीं होता ना तुम लोगों के लिए?

भिभूती : तुम्हारी सुन्दरता सराहने के लिए, शमये थोड़े ही निश्चित करना पड़ता है?

कंचन : मिथ्या!—मिथ्ये शोब!

भिभूती : झूठ ही सही, पर जाते हुए कंचन थोड़ी सी इठलाई तो ज़रूर!

[कंचन बाल सँवारती हुई प्लेटफ़ॉर्म पर आकर फिर मछली साफ़ करने में लग जाती है।]

[भिभूती फिर ख़ाली हो गए। थोड़ी देर ऊपर-नीचे टहलते रहे। कुछ देर के लिए खिड़की पर जाकर खड़े हो गए, और पड़ोसियों के घर में झाँकते रहे। और बुड़बुड़ाते रहे।]

भिभूती : एक कौआ कहीं से गोश्त का टुकड़ा चोंच में उठाए, बीच की दीवार पे आके बैठ गया। एक दूसरा कौआ आकर पास बैठ गया। फिर एक और कौआ आ गया। फिर एक और...गोश्त का टुकड़ा लिये पहला कौआ उड़ा तो पीछे-पीछे सब कौए उड़ गए।

[भिभूती घूम के, फिर वहीं आ गए, किचन में। कंचन ने मच्छी साफ़ करना शुरू कर दिया था। मच्छी दिखाते हुए बोली :]

कंचन : देखो जी—कैसे मुँह थोड़ा सा खुला हुआ है। जैसे कुछ बोल रही हो। और आँखें भी खुली हुई हैं। सचमुच कितनी ख़ूबसूरत हैं आँखें।

[कंचन ने 'दाऊ' (मच्छी काटने की कटारी) खींच के पाँव तले दबा लिया। मच्छी निकाली परात से, उसके चिकने बदन पर हाथ फिरा के पानी साफ़ किया, और गच से तीन हिस्सों में काट दिया। पहले मुंडी काटी, फिर दुम का हिस्सा अलग किया, और फिर पेट चीर के खोल दिया। परात का पानी लाल हो गया।]

कंचन : ठीक ही कहा था आपने—गर्भवती थी, देखो कितने अंडे निकले हैं।

भिभूती : वैरी लकी—अलग से फ्राई कर लेना। मछली के अंडे तो डेलीकेसी *(delicacy)* होते हैं।

[उसी वक़्त बाहर की घंटी बजी और आवाज़ सुनाई दी।]

आवाज़ : कागद बाबू...!

[अख़बार वाला दरवाज़े के नीचे से पेपर डाल के, आवाज़ लगा के चला गया था। भिभूती जाकर अख़बार उठाकर ले आए।]

भिभूती : फ्रंट पेज शहर के दंगों से भरा हुआ है। कुछ तसवीरें भी हैं। एक हामला लड़की की तसवीर है, जिसे गैंग-रेप किया गया था, और जो ब्लीड *(bleed)* करते-करते मर गई थी। मुँह थोड़ा सा खुला हुआ

है। जैसे कुछ बोलने की कोशिश कर रही थी—और आँखें खुली हैं। सचमुच कितनी...

[भिभूती ने उसकी आँखें परात की मछली हिल्सा से मिलाने लगे। दोनों बोल पड़े।]

दोनों : उसकी आँखें परात में पड़ी हिल्सा से कितनी मिलती हैं!!

[कहते-कहते भिभूती, कंचन के पास ही बैठ गए, प्लेटफ़ॉर्म पर। धीरे-धीरे रौशनी गुल होनी शुरू होती है और फिर अँधेरा छा जाता है। और मौसीक़ी उभरती है और माहौल को गम्भीर कर देती है।]

[इस अँधेरे स्टेज से कुर्सी और दूसरा सामान हटा दिया जाता है। सिर्फ़ प्लेटफ़ॉर्म वाला डिब्बा रह जाता है।]

[पहले रावी की आवाज़ उभरती है और रौशनी स्टेज के बीच में रावी के साथ चलती हुई आती है।]

रावी-1 : ऐसा कुछ भी तो नहीं था, जो हुआ करता है फ़िल्मों में हमेशा!
ना तो बारिश थी, ना तूफ़ानी हवा, और ना जंगल का समाँ,
ना कोई चाँद फ़लक पर कि जुनूँ-ख़ेज़ करे!

ना किसी चश्मे, ना दरिया की उबलती हुई फ़ानूसी सदाएँ

कोई मौसीक़ी नहीं थी पसेमंज़र में कि जज़्बात में हैजान मचा दे!
ना वो भीगी हुई बारिश में, कोई हूर नुमा लड़की थी!

सिर्फ़ औरत थी, वो कमज़ोर थी वो
चार मर्दों ने, कि वो मर्द थे बस,
पसे-दीवार उसे 'रेप' किया!!

[रावी-1 की नज़्म ख़त्म होने पर दाएँ तरफ़ से दूसरा रावी अगली नज़्म बोलते हुए दाख़िल होता है। लाइट चेंज होती है।]

रावी-2 : मौजज़े होते हैं...ये बात सुना करते थे
वक़्त आने पे मगर
आग से फूल उगे, और ना ज़मीं से कोई दरया फूटा
ना समन्दर से किसी मौज ने फेंका आँचल
ना फ़लक से कोई कश्ती उतरी

आज़माइश की थी कल रात ख़ुदाओं के लिए
कल मेरे शहर में घर उनके जलाये सब ने!!

[नज़्म ख़त्म होते ही तीसरा रावी दाख़िल होता है। अगली नज़्म कहना शुरू करता है। रौशनी फिर चेंज होती है।]

रावी-3 : खेत के सब्ज़े में बेसुध सी पड़ी है दुबकी
एक पगडंडी की कुचली हुई अधमुई सी लाश
तेज़ क़दमों के तले दर्द से कराहती है

दो किनारों पे जवां सिट्टों के चेहरे तक कर
चुप सी रह जाती है ये सोच के—बस

यूँ मेरी कोख कुचल देते न रहगीर अगर
मेरे बेटे भी जवां हो गए होते अब तक
मेरी बेटी भी तो अब ब्याहने के क़ाबिल होती!

[नज़्म की आख़िरी सतरें पढ़ते ही बाएँ तरफ़ से अगला रावी दाख़िल होता है। अगली नज़्म कहना शुरू करता है। रौशनी फिर बदल जाती है।]

रावी-4 : हम सब भाग रहे थे
रिफ़्यूजी थे
माँ ने जितने ज़ेवर थे, सब पहन लिये थे
बाँध लिये थे—
छोटी मुझसे—छह सालों की
दूध पिलाके, ख़ूब खिलाके, साथ लिया था
मैंने अपनी एक 'भमीरी' और इक 'लाटू'
पयजामे में उड़स लिया था
रात की रात हम गाँव छोड़कर भाग रहे थे
रिफ़्यूजी थे—
आग धुएँ और चीख़ पुकार के जंगल से गुज़रे थे सारे
हम सब के सब घोर धुएँ में भाग रहे थे
हाथ किसी आँधी की आँतें फाड़ रहे थे
आँखें अपने जबड़े खोले भौंक रही थीं
माँ ने दौड़ते दौड़ते ख़ून की क़ै कर दी थी।
जाने कब छोटी का मुझसे छूटा हाथ

वहीं, उसी दिन फेंक आया था अपना बचपन—
लेकिन मैंने सरहद के सन्नाटों के सहराओं में अकसर देखा है
एक 'भमीरी' अब भी नाचा करती है
और एक 'लाटू' अब भी घूमा करता है—!

[नज़्म ख़त्म होते ही एक सरदार 'दर्शन सिंह', दाख़िल होता है। कुर्ता, पायजामा, गमछा, जिसे कंधों से खींच कर सर पर साफ़े की तरह बाँध लेता है। वो रावी भी है और किरदार भी। अगली कहानी 'रावीपार' शुरू करता है।]

रावी-1 : पता नहीं दर्शन सिंह क्यूँ पागल नहीं हो गया? बाप घर पे मर गया और माँ उसी बचे-खुचे गुरुद्वारे में खो गई और शाहनी ने एक साथ दो बच्चे जन दिए। दो बेटे, जुड़वाँ। उसे समझ नहीं आता था कि वो हँसे या रोये! इस हाथ ले, उस हाथ दे का सौदा किया था क़िस्मत ने।
सुनते थे आज़ादी आ चुकी है या आ रही है। तो लायेलपुर कब पहुँचेगी, पता नहीं चलता था। हिन्दू, सिख सब छुपते-छुपते गुरुद्वारे में जमा हो रहे थे।

[शाहनी एक पंजाबन, दर्शन सिंह, की बीवी, विंग से दाख़िल होती है। वो भी किरदार और रावी की तरह कहानी आगे बढ़ाती है।]

रावी-2 : शाहनी दिन-रात दर्द से कराहती रहती थी। आख़िरी आख़िरी दिन थे जचगी के, और पहली-पहली औलाद।

रावी-1 : दर्शन सिंह रोज़ नई-नई ख़बरें लाता था, फ़सादात की। माँ सहम जातीं और बाप ढाढ़स देता।

[भापाजी के अन्दाज़ में।]

भापाजी : कुछ न्हीं पुत्तर। कुछ न्हीं होएगा। अजे तक किसी हिन्दू सिख दे मकान ते कोई हमला होया है की?

दर्शन सिंह : गुरुद्वारे पर तो हुआ है ना भापाजी। दो बार आग लग चुकी है।

भापाजी : और तुम लोग वहीं जाकर जमा होना चाहते हो।

माँ : पर जिनों वेखो, घर छड़ के गुरुद्वारे विच ही जमा हो रिया है नां जी?

दर्शन सिंह : एक जगह इकट्ठा होने से बड़ा हौसला होता है भापाजी। अपनी गली में तो अब कोई हिन्दू या सिख नहीं रह गया। बस हमीं हैं। अकेले।

रावी-1 : दस-पन्द्रह दिन पहले की बात थी, रात के वक़्त भापाजी के गिरने की आवाज़ हुई, आँगन में, और सब उठ गए।

रावी-2 : दूर गुरुद्वारे की तरफ़ से 'बोले सो निहाल' के नारे सुनाई दे रहे थे। भापाजी की उसी से आँख खुल गई थी, और वो छत पर देखने चले गए थे। सीढ़ियाँ उतरते पाँव फिसला और बस आँगन में खड़ी कुदाल सिर में घुस गई।

[कुछ मौसीक़ी—लाइट आहिस्ता-आहिस्ता मद्धम होती हुई और जब लौटी तो माहौल घर से गुरुद्वारे में बदल जाता है। रावी-1 और रावी-2 दोनों फिर से दाख़िल होते हैं।]

रावी-2 : किसी तरह भापाजी के संस्कार पूरे किए और कुछ मालियत थी, एक तकिये में भरी, और बाक़ी तीनों ने गुरुद्वारे में जाकर पनाह ली। गुरुद्वारे में ख़ौफ़ज़दा लोगों की कमी नहीं थी। इसलिए हौसला रहता था, अब उसे डर नहीं लगता था।

दर्शन सिंह : हम अकेले थोड़ी ही हैं, और कोई नहीं तो वाहेगुरु के पास तो हैं।

रावी-1 : नौजवान सेवादारों का जत्था दिन भर काम में जुटा रहता। माँ अन्दर जाकर बैठ जातीं जहाँ दिन भर पाठ चलता था। लोगों ने अपने-अपने घरों से जितना भी आटा, दाल, घी था, उठवा लिया था। लंगर दिन-रात चलता था। मगर कब तक? ये सवाल सबके दिल में था। लोग उम्मीद करते थे, सरकार कोई कुमक भेजेगी।

शाहनी : कौन सी सरकार?—अंग्रेज़ तो चले गए।

दर्शन सिंह : यहाँ पाकिस्तान तो बन गया है लेकिन पाकिस्तान की सरकार नहीं बनी अभी। सुना है मिलिट्री घूम रही है, हर तरफ़ और अपनी हिफ़ाज़त में शरणार्थियों के काफ़िले बॉर्डर तक पहुँचा देती है।

शाहनी : शरणार्थी? वो क्या होता है?

दर्शन सिंह : रेफ़्यू-जी!

शाहनी : ये लफ़्ज़ पहले तो कभी नहीं सुने थे।

दर्शन सिंह : दो-तीन परिवारों का एक जत्था निकल पड़ा है। जिनसे दबाव बर्दाश्त नहीं हुआ। कहते थे : सुना है, स्टेशन पर ट्रेनें चल रही हैं। यहाँ भी कब तक बैठे रहेंगे?

शाहनी : हिम्मत तो करनी पड़ेगी नां! वाहेगुरु मोढ़ों *(कंधों)* पर बिठाकर तो नहीं ले जाएँगा नां।

दर्शन सिंह : ओये—नानक नाम जहाज़ है, जो चढ़े सो उतरे पार!

रावी-1 : कुछ लोग निकल जाते तो ख़ला का एक बुलबुला-सा बन जाता माहौल में। फिर कोई और आ जाता तो बाहर की ख़बरों से बुलबुला फूट जाता।

[दर्शन सिंह ने बताया।]

दर्शन सिंह : स्टेशन पर तो बहुत बड़ा कैम्प लगा हुआ है जी। लोग भूख से भी मर रहे हैं और खा-खा के भी! बीमारी फैलती जा रही है। पाँच दिन पहले एक ट्रेन गुज़री थी यहाँ से, तल रखने को भी जगह नहीं थी। लोग छतों पर लदे हुए थे।

रावी-1 : सुबह संक्रांत की थी। गुरुद्वारे में दिन-रात पाठ चलता रहता था। बड़ी शुभ घड़ी में शाहनी ने अपने जुड़वाँ बेटे को जन्म दिया। एक तो बहुत ही कमज़ोर पैदा हुआ। बचने की उम्मीद भी नहीं थी लेकिन शाहनी ने नाभी *(नाड़ी)* के ज़ोर से बाँधे रखा उसे। उसी रात किसी ने कह दिया। "स्पेशल *(special)* ट्रेन आई है, रेफ़्यूजियों को लेने, निकल चलो।"

रावी-2 : एक बड़ा सा हुजूम रवाना हो गया गुरुद्वारे से। दर्शन सिंह भी। शाहनी कमज़ोर थी बहुत, लेकिन बेटों के सहारे चलने को तैयार हो गई। माँ ने हिलने से इनकार कर दिया।

[शाहनी माँ के अन्दाज़ में!]

माँ : मैं आजावांगी पुत्तर। अगले किसी क़ाफ़िले नाल आजावांगी। तू मेरी न्हूं ते पोतियाँ नूं सँभाल के निकल जा।

रावी-1 : दर्शन सिंह ने बहुत ज़िद की तो ग्रन्थी ने समझाया।

रावी-2 : सेवादारों ने हिम्मत दी।

सेवादार : निकल जाओ सरदार जी। एक-एक करके सब बॉर्डर पार पहुँच जाएँगे। बीजी हमारे साथ आ जाएँगी।

रावी-1 : दर्शन सिंह निकल पड़ा सबके साथ। ढक्कन वाली एक बेंत की टोकरी में डाल के बच्चों को यूँ सर पे उठा लिया जैसे परिवार का ख़ोन्चा लेकर निकला हो।

[दर्शन सिंह, खुले डब्बे के पीछे से एक टोकरी और एक लाल कपड़ा उठाता है। फिर बच्चों को अलग-अलग लपेटकर टोकरी में रखने की एक्टिंग करता है। लुब्ना एक तकिये के गिलाफ़ में कुछ कपड़े-ज़ेवर रखने की एक्टिंग करती है। फिर दोनों थोड़ा घूमकर मंच पर बने प्लेटफ़ॉर्म के पास रुक जाते हैं। रावी-1 कहता है।]

रावी-1 : स्टेशन पर गाड़ी थी, लेकिन गाड़ी में जगह नहीं थी। छत पर लोग घास की तरह उगे हुए थे।

रावी-2 : बेचारी नई-नई नहीफ़-व-नज़ार माँ और नोज़ाइदा बच्चों को देखकर लोगों ने छत पर चढ़ा लिया और जगह दे दी।

[दर्शन सिंह पहले प्लेटफ़ॉर्म पर चढ़ता है, फिर वो हाथ के सहारे से शाहनी को ऊपर चढ़ाता

है, शाहनी पालथी मारकर बैठ जाती है। गोदी में बच्चे को लेने की एक्टिंग करते हुए, कहानी आगे बढ़ाती है।]

रावी-2 : क़रीब दस घंटे बाद गाड़ी में ज़रा सी हरकत हुई। शाम बड़ी सुर्ख़ थी, लहू-लुहान, तपा हुआ, तमतमाया हुआ चेहरा। शाहनी की छातियाँ निचुड़ के छिल्का हो गईं। एक बच्चे को रखती तो दूसरा उठा लेती। मैले-कुचैले कपड़ों में लिपटे दो बच्चों की पोटलियाँ, लगता था किसी कूड़े के ढेर से उठा लाए हैं।

रावी-1 : कुछ घंटों बाद जब गाड़ी रात में दाख़िल हुई तो दर्शन सिंह ने देखा, एक बच्चे के हाथ-पाँव तो हिलते दिखे थे, कभी-कभी रोने की आवाज़ भी होती थी, लेकिन दूसरा बिलकुल साकित था। पोटली में हाथ डालकर देखा तो कब का ठंडा हो चुका था।

[दर्शन सिंह जो फूट-फूट के रोया तो आसपास के लोगों को भी मालूम हो गया।]

रावी-1 : सबने चाहा कि शाहनी से उस बच्चे को ले लें, लेकिन वो तो पहले ही पथरा चुकी थी। टोकरी को जफ्फा मार के बैठ गई।

शाहनी : नहीं, नहीं, एक भाई के बग़ैर दूसरा दूध नहीं पीता।

रावी-1 : बहुत कोशिश के बावजूद शाहनी ने टोकरी नहीं छोड़ी। ट्रेन दस बार रुकी, दस बार चली, लोग अँधेरे में अन्दाज़े लगाते रहते।

पहला : बस जी ख़ैराबाद निकल गया।

दूसरा : ये तो गुजरांवाला है जी।

तीसरा : बस एक घंटा और। लाहौर आया कि समझो पहुँच गए हिन्दुस्तान।

[जोश में लोग नारे भी लगाने लगे थे।]

कोरस : हर हर महादेव।

कोरस : जो बोले सो निहाल।

[गाड़ी एक पुल पर चढ़ी, तो लहर-सी दौड़ गई। ट्रेन की आवाज़ (sound track) पसेमंज़र में।]

दूसरा : रावी आ गया जी।

पहला : रावी है। लाहौर आ गया।

रावी-1 : इस शोर में किसी ने दर्शन सिंह के कान में फुसफुसाकर कहा।

तीसरा : सरदार जी! बच्चे को यहीं फेंक दो रावी में। उसका कल्याण हो जाएगा। उसको पार ले जाके क्या करोगे?"

[दर्शन सिंह ने धीरे से टोकरी पास खिसका ली। और फिर यकलख़्त ही पोटली से कपड़े में लिपटा बच्चा उठाया और वाहेगुरु कहकर रावी में फेंक दिया।]

[अँधेरे में हलकी सी एक आवाज़ सुनाई दी किसी बच्चे की। दर्शन सिंह ने घबराकर देखा शाहनी की तरफ़। मुर्दा बच्चा शाहनी की छाती से लिपटा हुआ था! फिर से एक शोर का बगूला उठा।]

कोरस : वाघा! वाघा!

[दर्शन सिंह, शाहनी और कोरस चिल्ला उठे।]

कोरस : हिन्दुस्तान! ज़िन्दाबाद!!

[दर्शन सिंह ने नारों के बीच शाहनी को धीरे-धीरे हिन्दुस्तान ज़िन्दाबाद दोहराते सुना - भाप वाले इंजन की सीटी की आवाज़ दूर से सुनाई देती और चलती हुई ट्रेन की आवाज़ उभरकर तेज़ हो जाती है। रौशनी स्टेज पर धीरे-धीरे कम होने लगती है। और फिर स्टेज पर बिलकुल अँधेरा हो जाता है। सिर्फ़ ट्रेन की गुज़रने की आवाज़ सुनाई देती है।]

दूसरा दृश्य

[स्टेज के बीचोबीच रौशनी होती है और साथ ही एक रावी (अनूप) खड़ा नज़र आता है। उस वक़्त एक कुर्सी प्लेटफ़ॉर्म पर रख दी गई है।]

रावी-1 : मैं दीवार की इस जानिब हूँ!
इस जानिब तो धूप भी है, हरियाली भी!
ओस भी गिरती है पत्तों पर
आ जाए तो, आल्सी कोहरा
शाख़ पे बैठा, घंटों ऊँघता रहता है
बारिश लम्बी लम्बी तारों पर नटनी की तरह थिरकती,
आँख से गुम हो जाती है
जो मौसम आता है, सारे रस देता है

लेकिन इस कच्ची दीवार की दूसरी जानिब
क्यों ऐसा सन्नाटा है
कौन है जो आवाज़ नहीं करता लेकिन
दीवार से टेक लगाए बैठा रहता है!

[नज़्म ख़त्म होते ही, दूसरा रावी स्टेज पर आया और रौशनी का हाला उस पर टिक गया। उन्होंने दूसरी नज़्म पढ़नी शुरू की।]

रावी-2 : आज का दिन, जब मेरे घर में फ़ौत हुआ,
जिस्म की रंगत जगह-जगह फटी हुई थी
सुर्ख़ ख़राशें रेंग रही थीं, बाँहों पर!
पलकें झुलसी झुलसी सी, और चेहरा धज्जी धज्जी था
हाथ में थे कुछ चीथड़े से अख़बारों के
लब पे एक शिकस्ता सी आवाज़ थी बस
'देख ज़रा' इन बारह चौदह घंटों में
क्या हालत की है दुनिया ने!

[नज़्म की आख़िरी सतरें पढ़ते ही अगला रावी स्टेज पर आया और रौशनी का हाला उस पर टिक गया। उन्होंने अगली नज़्म पढ़नी शुरू की।]

रावी-3 : क्या करना है ऐसे शहर में रह कर जिसमें,
खाल उतर जाती है दिन की...
गोश्त की बोटी बोटी बिक जाती है
बेचारा मिमियाता दिन
शाम होने तक
अपने आप ज़ब्हख़ाने तक आ जाता है!

[पहला रावी फिर स्टेज पर आता है और अगली नज़्म पढ़ना शुरू करता है।]

रावी-1 : ना जाने किसकी ये डायरी है
ना नाम है, ना पता है कोई!
"हर एक करवट में याद करता हूँ तुमको लेकिन
ये करवटें लेते रात-दिन यूँ मसल रहे हैं मेरे बदन को

तुम्हारी यादों के जिस्म पर नील पड़ गए हैं।"

एक और सफ़हे पे यूँ लिखा है :
"कभी-कभी रात की सियाही,
कुछ ऐसी चेहरे पे जम सी जाती है
लाख रगड़ूँ,
सहर के पानी से लाख धोऊँ
मगर वो कालिख नहीं उतरती
मिलोगी जब तुम पता चलेगा
मैं और भी काला हो गया हूँ।"

ये हाशिये में लिखा हुआ है :
"मैं धूप में जल के इतना काला नहीं हुआ था
के जितना इस रात में सुलग के सियाह हुआ हूँ।"

महीन लफ़्ज़ों में इक जगह यूँ लिखा है उसने :
"तुम्हें भी तो याद होगी वो रात सर्दियों की
जब औंधी कश्ती के नीचे हमने
बदन के चूल्हे जलाके तापे थे, दिन किया था!

ये पत्थरों का बिछौना हरगिज़ ना सख़्त लगता जो
तुम भी होतीं
तुम्हें बिछाता भी, ओढ़ता भी।"

इक और सफ़हे पे फिर उसी रात का बयां है :
"तुम एक तकिये में गीले बालों की भर के ख़ुशबू
जो आज भेजो...
तो नींद आ जाए, सो ही जाऊँ..."

कुछ ऐसा लगता है जिसने भी डायरी लिखी है
वो शहर आया है गाँव में छोड़कर किसी को
तलाश में काम ही के शायद :
"मैं शहर की इस मशीन में फ़िट हूँ जैसे ढिबरी,
ज़रूरी है ये ज़रा सा पुर्ज़ा...
अहम भी है क्योंके रोज़ के रोज़ तेल देकर
इसे ज़रा और कस के जाता है चीफ़ मेरा...
वो रोज़ कसता है,
रोज़ इक पेंच और चढ़ता है जब नसों पर,
तो जी में आता है, ज़हर खा लूँ...
या भाग जाऊँ...!"

कुछ 'उखड़े उखड़े' कटे हुए से अजीब जुमले!
"कहानी वो जिसमें एक शहज़ादी चाट लेती है
अपनी अंगुश्तरी का हीरा,
वो तुमने पूरी नहीं सुनाई।"

"कड़ों में सोना नहीं है,
उन पर सुनहरी पानी चढ़ा हुआ है।"
इक और ज़ेवर का ज़िक्र भी है :
"वो नाक की नथ ना बेचना तुम...
वो झूठा मोती है, तुमसे सच्चा कहा था मैंने
सुनार के पास जाके शर्मिंदगी सी होगी।"

*[दूसरा रावी फिर स्टेज पर आकर आगे की
सतरें पढ़ता है।]*

"कभी-कभी इस पिघलते लोहे को गर्म भट्ठी में

काम करते ठिठुरने लगता है ये बदन जैसे सख़्त
सर्दी में भुन रहा हो बुख़ार रहता है कुछ दिनों से..."

"फ़रार हूँ मैं कई दिनों से
जो घुप अँधेरे की तीर जैसी सुरंग इक कान से
शुरू हो के दूसरे कान तक गई है
मैं उस नली में छुपा हुआ हूँ,
तुम आके तिनके से मुझको बाहर निकाल लेना!"

[पहला रावी फिर से आगे की सतरें पढ़ने लगता है।]

कहीं तवाज़ुन बिगड़ गया है
या कोई सीवन उधड़ गई है
ये वक़्त का थान खुलता रहता है पल-ब-पल,
और लोग पोशाकें काट कर,
अपने-अपने अन्दाज़ से पहनते हैं वक़्त, लेकिन...
जो मैंने काटी थी थान से इक क़मीज़
वो तंग हो रही है।"

[नज़्म के ख़त्म होते-होते ही पहला रावी स्टेज से चला जाता है। और दूसरा रावी (अतुल कुलकर्णी) एक कहानी कहना शुरू करता है। 'ख़ौफ़'!]

रावी-2 : ख़ौफ़ से नसें तन रही थीं उसकी और बैठे-बैठे घुटने यूँ काँप जाते थे, जैसे मिर्गी पड़ने वाली हो। शहर में दंगे चलते चार दिन हो गए थे। कर्फ़्यू कुछ देर के लिए सुबह खुलता था, कुछ देर के लिए

शाम को। कर्फ़्यू खुलता तो कुछ लोग जल्दी-जल्दी रोज़मर्रा की ज़रूरत का सामान ख़रीदते। कुछ लोग जल्दी-जल्दी मार-धाड़ करते, आग लगाते, चाक़ू चलाते, और कुछ लाशें गिराकर, कर्फ़्यू शुरू होने से पहले ही अपने घरों में आकर बन्द हो जाते। गर्म-गर्म ख़बरें और गर्म-गर्म लहू मुसलसल बह रहा था बम्बई में। लेकिन रेडियो और टी.वी., बाक़ायदा अनाउंस कर रहे थे कि शहर की हालत क़ाबू में है और हालात नॉर्मल होते जा रहे हैं।

[रावी-2 स्टेज पर रखी कुर्सी पर बैठ जाता है। फिर आगे की कहानी कहता है।]

रावी-2 : हालात नॉर्मल साबित करने के लिए, कल से लोकल ट्रेनें भी देर तक चल रही थीं। बेश्तर डिब्बे ख़ाली थे, लेकिन रौशनियाँ पटरियों पर दौड़ती हुई नज़र आईं, तो चार दिन के मुन्जमद अँधेरे में ज़रा जुम्बिश हुई। रेलवे ट्रैक्स के दोनों तरफ़ की बस्तियों में जो सन्नाटा पथरा गया था, वो ट्रेन के गुज़रने से कुछ देर के लिए खड़खड़ाया तो फिर से हरक़त की उम्मीद बँधी। यासीन आवाज़ भी सुनता था और उठकर देखता भी था कि गाड़ी चलने लगी है। कल पाँचवाँ दिन होगा वो अपने घर से ग़ायब था। अब तो इन्तज़ार ख़त्म हो चुका होगा और उसकी तलाश शुरू हो गई होगी। दिन ख़त्म होने ही वाला था कि उसका सब्र टूट गया। शाम का कर्फ़्यू खुलते ही वो अँधेरी स्टेशन पर पहुँच गया। प्लेटफ़ॉर्म सुनसान था। लेकिन इंडीकेटर पर ट्रेन

का वक़्त टिमटिमा रहा था।

[रावी-2 प्लेटफ़ॉर्म के पास आ गया है।]

रावी-2 : ट्रेन बहुत आहिस्ता से दाख़िल हुई स्टेशन में, रोज़मर्रा के स्टाइल से नहीं, मोहतात और डरी हुई, सहमी हुई। कुछ लोग थे भी ट्रेन में, इक्का-दुक्का, वो फ़ैसला नहीं कर पाया कि किस डिब्बे में दाख़िल हो। अक्सरियत तो हिन्दुओं की है ना। दो-दो चार-चार के गुच्छों में कहीं-कहीं गुँथे हुए रखे थे लोग। वो प्लेटफ़ॉर्म पर रुका रहा और जब गाड़ी चलने लगी तो एकदम भागकर चढ़ गया।

[ये कहकर रावी-2 प्लेटफ़ॉर्म पर चढ़ जाता है।]

रावी-2 : उसने वही डिब्बा चुना, जिसमें और कोई ना हो। बग़ौर देखा चारों तरफ़। कोई नहीं था। फिर डिब्बे के आख़िरी बेंच पर, कोने वाली सीट में जाकर डूब गया।

[रावी-2 फिर कुर्सी पर बैठ जाता है।]

रावी-2 : जहाँ से वो पूरे डिब्बे पर नज़र रख सके। ट्रेन ने रफ़्तार पकड़ी तो उसकी साँस में साँस आई। अचानक डिब्बे के दूसरे कोने से एक मुंडी नमूदार हुई। यासीन के तो होश उड़ गए। घुटनों में फिर से मिर्गी दौड़ गई। झुककर सीट के इतना नीचे हो गया कि अगर वो उसकी तरफ़ आए तो फ़ौरन बेंच के नीचे छुप जाए। या तन के सामने खड़ा हो जाए। पोज़ीशन ले ले।

डिब्बे का दरवाज़ा भी दूर नहीं था। लेकिन चलती गाड़ी से कूद जाने में, मौत के अलावा कोई ख़तरा नहीं था। और अगर गाड़ी आहिस्ता हो भी गई, तो...वो शख़्स...

अचानक वो शख़्स अपनी जगह पर खड़ा हो गया। खड़े-खड़े ही उसने चारों तरफ़ देखा। लेकिन उसके चेहरे पर डर या ख़ौफ़ के कोई आसार नहीं थे। वो यक़ीनन हिन्दू था।...यासीन का पहला रिएक्शन यही था। टहलता हुआ वो गाड़ी के परले दरवाज़े पर खड़ा हो गया। हवा से उसका मफ़लर फटे झंडे की तरह लहरा रहा था। कुछ देर बाहर झाँककर देखता रहा वो। और फिर लगा कि किसी चीज़ के साथ ज़ोर-आज़माई कर रहा है। यासीन जहाँ बैठा था, वहाँ से साफ़ नज़र नहीं आ रहा था। कोई चीज़ वो खींच रहा था। कभी दबाता था। कभी उठाता था। कभी खींचता था। यासीन को लगा कुछ तोड़ रहा है कि अचानक एक जंगआलूद दरवाज़ा ज़ोर से घिसटा और एक पुरशोर खड़खड़ाहट के साथ बन्द हो गया। अच्छा हुआ यासीन के मुँह से चीख़ नहीं निकली। लेकिन वो शख़्स ख़ुद भी चौंक गया था उस आवाज़ से। उसने देखा था चारों तरफ़। और उस तरफ़ कुछ ज़्यादा देर तक देखता रहा, जहाँ यासीन छुपा हुआ था। यासीन को शक हुआ, कहीं देख ही तो न लिया हो उसने? या आहट पा गया हो? उस शख़्स की ज़ोर-आज़माई ने, यासीन के कलेजे में एक और दहशत बिठा दी। अगर आमना-सामना हो जाए तो क्या वो उसका मुक़ाबला कर पाएगा? वो शख़्स टहलता हुआ

दूसरी तरफ़ के दरवाज़े पर जाकर खड़ा हो गया। गाड़ी जोगेश्वरी का एक सुनसान स्टेशन फलाँग गई। गाड़ी रुक जाती तो शायद वो उतर ही जाता। लेकिन ये तो कर्फ़्यू का इलाक़ा था। इसीलिए गाड़ी वहाँ नहीं रुकी। कर्फ़्यू का इलाक़ा ही शायद ज़्यादा महफ़ूज़ होता। कम-से-कम पुलिस तो होती। और अब तो मिलिट्री भी बुलवाई जा चुकी थी शहर में। फ़सादातज़दा इलाक़ों में उनको ख़ाकी चकत्तों वाले घूमते हुए नज़र आ जाते थे और उन पे उसी रंग की वर्दियाँ पहने फ़ौजी, अपनी बन्दूक़ों, रायफ़लों की नलियाँ बाहर निकाले रखते। पुलिस तो बेकार हो गई थी। अब उनसे कोई डरता नहीं था। हुजूम उन पर बेधड़क पत्थर और सोडा वॉटर की बोतलें फेंकता था और अब तेज़ाब के भरे बल्ब भी। पुलिस अगर आँसू गैस के गोले छोड़ती, तो हुजूम के लोग, गीले रूमालों से उठाकर वही पुलिस के ऊपर फेंक देते थे। 'साकीनाका' में जब वो बेकरी जली, जिसमें वो काम करता था, तो क्या किया था पुलिस ने? दूर खड़ी तमाशा देखती रही। और वहाँ लोग पतली गलियों से बचते भागते, उन गैराजों की तरफ़ दौड़े थे, जिधर ठोंकी-पीटी, छिली अध-छिली मोटरों के ढाँचे खड़े रहते थे। जान बचाकर भागे थे, छुपने के लिए। आठ-दस लोग थे वो...भला हो 'भाऊ' का, भागते-भागते उसकी कमर का गमछा पकड़ के चाय वाले के बगल के बाकड़े में खींच लिया। 'भाऊ' को तो मालूम था वो मुसलमान है। लेकिन वो तो हिन्दू है। वो क्यों भागा? 'भाऊ' कह रहा था, जब हुजूम के सर पे ख़ून सवार हो, तो

वो नाम पूछने के लिए नहीं रुकते। उनकी प्यास, ख़ून से बुझती है या आग से।

[रावी-2 खड़ा हो गया।]

रावी-2 : जला दो, मार दो। नेस्तोनाबूद कर दो। उनका ग़ुस्सा तभी ठंडा होता है, जब सामने कुछ ना रहे।

दूसरे दरवाज़े की खड़खड़ाहट ने चौंका दिया उसे। डिब्बे के परली तरफ़ के दोनों दरवाज़े उस शख़्स ने बन्द कर दिए थे। और देर तक उस तरफ़ देखता रहा, जिस तरफ़ यासीन छुपा हुआ था। ख़ौफ़ ने फिर उसका सर अपने शिकंजे में ले लिया। वो आदमी दरवाज़े क्यों बन्द कर रहा है डिब्बे के? क्या उसे मार के उसकी ख़ून में लिथड़ी लाश वो उसी डिब्बे में छोड़कर उतर जाएगा अगले स्टेशन पर, ट्रेन अब आहिस्ता हो रही थी। कोई स्टेशन आ रहा था। उस आदमी के क़दमों में पहले से ज़्यादा ख़ुदऐतमादी थी। वो आहिस्ता-आहिस्ता चलता हुआ उसकी तरफ़ आ रहा था। यासीन की साँस भारी हो गई। माथे पर ठंडे पसीने की आमद महसूस कर रहा था। डर था, साँसें गुच्छा रही थीं, थूक निगला नहीं जा रहा था। कहीं उसे छींक ना आ जाए। वो खाँस ना दे। वरना यहीं सीट के नीचे पड़े-पड़े...गाड़ी रुकी...कोई स्टेशन आया था। वो आदमी आराम से उस दरवाज़े पर आकर खड़ा हो गया, जिस तरफ़ प्लेटफ़ॉर्म था। उसका एक हाथ उसकी जेब में था। जेब में ज़रूर कोई हथियार

होगा, पिस्तौल? या चाकू? यासीन ने सोचा भाग के दूसरी तरफ़ से बाहर कूद जाए। लेकिन जहाँ छुपा था, वहाँ से निकलते-निकलते तो वो आदमी उसका पेट चाक कर देगा। पेट ही क्यों? गला काट देगा, ताकि आवाज़ भी ना निकले। चोर आँख से उसने झाँककर देखा। वो शख़्स बाहर की तरफ़ देख रहा था। प्लेटफ़ॉर्म पर सन्नाटा था। किसी के कदमों की आवाज़ भी नहीं आई। यासीन ने बहुत चाहा कि कोई आ जाए। लेकिन क्या पता कौन आए? हिन्दू? या मुसलमान? एक और हिन्दू ही सही। शायद 'भाऊ जैसा कोई रहमदिल हो।' चाय के बाकड़े से कैसे अपना जनेऊ पहनाकर वो उसे अपनी खोली तक ले गया था। चार दिन तक रखा। उसने कहा था—

मैं मराठा हूँ, लेकिन रोज़ गोश्त नहीं खाता। तुम कहो तो ले आऊँ। पता नहीं कैसा मिले। हलाल-वलाल मैं समझता नहीं। और बाहर की हालत ये है कि सब्ज़ियाँ सड़ रही हैं अँधेरी में। लेकिन बेचने वाला कोई नहीं। लूट लो तो जितनी चाहे ले जाओ।—"

और रेडियो बार-बार यही कहता था कि शहर की हालात आहिस्ता-आहिस्ता नॉर्मल हो रहे हैं। गाड़ियाँ चल रही हैं। कुछ इलाक़ों में बसें भी जारी कर दी गई हैं। इन चार दिनों में उसे घर वालों की बहुत फ़िक्र हुई। घर वाले भी उसकी फ़िक्र करते होंगे। उसे एक डर था कि कहीं 'फ़ातिमा' उसे ढूँढ़ने के लिए बेकरी के पते पर ना चली जाए। जिस खोली में छुपा था, वहाँ से रेल की पटरी नज़र आती थी। गाड़ियाँ भी नज़र आ रही थीं।

लेकिन 'भाऊ' ने उसे जाने नहीं दिया। गाड़ी एक धचके से चली और यासीन खोली से डिब्बे में आ गिरा।

[रावी-2 एक झटके से कुर्सी के नीचे बैठ गया।]

रावी-2 : वो शख़्स बाएँ हाथ से रॉड पकड़े, बड़ी ख़ुद ऐतमादी से खड़ा था। उसका दायाँ हाथ अभी तक जेब में था। गाड़ी थोड़ी दूर तक सरकती, घिसटती चलती रही। ये गाड़ी रफ़्तार क्यों नहीं पकड़ रही। सिग्नल ना मिलने की कोई वजह नहीं हो सकती। पटरियों पर ट्रैफ़िक ही कहाँ है। अभी तक कोई गाड़ी दूसरी तरफ़ से नहीं गुज़री। गाड़ी बहुत देर तक घिसटती रही। घिसटती रही। और जहाँ आकर रुकी, वो भयंदर का पुल था। नीचे समन्दर की खाड़ी थी, जहाँ से अक्सर लाशों के निकलने की ख़बरें अख़बारों में छपा करती थीं।

यासीन का दम घुटने लगा। इस ख़ौफ़ में जीना मुश्किल था, और वो शख़्स जेब से हाथ क्यों नहीं निकालता? उसकी आँखों से पता चलता है कि वो हमला करने वाला है। क्या होगा जब वो हमला करेगा? क्या उसे बाहर निकलने के लिए कहेगा? या सर के बालों से पकड़ के घसीट लेगा, और झप्प से चाकू उसके गले पर रख देगा? क्या करेगा वो? और कुछ वो करता क्यों नहीं?

उसी वक़्त उस शख़्स ने जेब से हाथ निकाला। और फिर ज़ोर-आज़माई करने लगा। तीसरा दरवाज़ा भी बन्द कर रहा था वो। अब तो

भागने का रास्ता भी बन्द हो रहा था, और नीचे तो खाड़ी थी। कूद जाए तो मौत यक़ीनी थी। ख़ौफ़ अब हद तक पहुँच रहा था गुफ़ा बन्द हो रही थी।

[रावी कूदकर खड़ा हो जाता है। और प्लेटफ़ॉर्म के किनारे आ जाता है।]

रावी-2 : अचानक कूद के वो बाहर निकल आया। चौंककर देखा उस आदमी ने। हाथ जेब में डाला और पता नहीं कहाँ से इतनी ताक़त आई यासीन में कि "या अली...!" कह के उस आदमी को टाँगों के बीच से उठा लिया और फेंक दिया बाहर। नीचे गिरते-गिरते उस आदमी की चीख़ सुनाई दी—"अल्लाह...!"

[यासीन खड़ा रहा। गाड़ी चल दी...यासीन को हैरत हुई।]

रावी-2 : क्या मुसलमान था वो भी?
लेकिन ख़ौफ़ के शिकंजे से जो छूटा था तो ऐसे जैसे मौत के मुँह से वापस आया हो।

[रावी प्लेटफ़ॉर्म से उतरता है। रावी-3, दुपट्टा सर पे डाले (फ़ातिमा के रूप में) पानी का गिलास लेकर आती है।]

रावी-2 : उस रात वो फ़ातिमा से कह रहा था—अगर ऐसा ना होता, तो मैं भी मुसलमान होने का फ़ौरन क्या सबूत देता उसे? क्या नंगा हो जाता?

[रावी-2 सर झुकाकर विंग्स में चला जाता है।

रावी-3 दर्शकों की तरफ़ मुड़कर एक नई नज़्म बोलना शुरू करती है।]

रावी-3 : कैसे चुपचाप ही मर जाते हैं कुछ लोग यहाँ
जिस्म की ठंडी सी तारीक सियाह क़ब्र के अन्दर
न किसी साँस की आवाज़, न सिसकी कोई
न कोई आह, न जुंबिश, न ही आहट कोई

ऐसे चुपचाप ही मर जाते हैं कुछ लोग यहाँ
उनको दफ़नाने की ज़हमत भी उठानी नहीं पड़ती!

[पहला रावी दाएँ विंग से आता है। और अगली नज़्म पढ़ता है।]

रावी-1 : क़ब्रिस्तान है, क़ब्रिस्तान से गुज़रो तो आहिस्ता बोलो!
क़ब्रिस्तान में इतना ऊँचा बोलने का दस्तूर नहीं है
क़ब्रिस्तान से गुज़रो तो पैरों की आहट मद्धम कर लो
चलती-फिरती आवाज़ों से मुर्दों को ज़हमत होती है
साकित मुर्दे, साकित रहना चाहते हैं
करवट लेना मुर्दों के अतवार नहीं हैं।
क़ब्रिस्तान है...

क़ब्रिस्तान में ठहरो तो क़ब्रों के कुतबों पर
ना अपनी कोहनी रखके टेक लगाना

कुतबों की बुनियाद नहीं होती, ना उनको जड़ें

लगती हैं
नाम लिखे हैं, और तारीख़ें,
बोझ पड़े तो गिर पड़ते हैं
क़ब्रिस्तान है, क़ब्रिस्तान से आहिस्ता-आहिस्ता गुज़रो
कोई क़ब्र हिले ना जागे,
लोग अपने-अपने जिस्मों की क़ब्रों में बस मिट्टी ओढ़े दफ़न पड़े हैं!!

[आख़िर की सतरें ख़त्म होने पर अगली रावी स्टेज के बीच में आती है। पहला रावी विंग्स में लौट जाता है। और अगली रावी नज़्म पढ़ना शुरू करती है।]

रावी : कुछ बेवा आवाज़ें अक्सर,
मस्जिद के पिछवाड़े आकर,
ईंटों की दीवार से लग कर,
पथराये कानों पे, अपने होंठ लगाकर
इक बूढ़े अल्लाह का मातम करती हैं—
जो अपने आदम की सारी नस्लें उनकी कोख में रखकर
ख़ामोशी की क़ब्र में जाकर लेट गया है!!

[अगला रावी स्टेज के बाईं तरफ़ से आता है। और रौशनी नज़्म पढ़ने वालों पर आती-जाती रहती है। रावी नज़्म पढ़ना शुरू करता है।]

रावी : सारे बदन पर, पित निकली है
हाथ खुरचते हैं पैरों को

पैर मसलते हैं गर्दन
गर्दन फँसी हुई है सर में
सर में कैक्टस उगे हुए हैं
जहाँ-जहाँ मज़हब की बिच्छू बूटी छू ले
वहाँ-वहाँ ख़ारिश होती है
फोड़े फूटने लगते हैं
पीप निकलने लगती है!

[अगला रावी स्टेज पर आकर प्लेटफ़ॉर्म पर कुर्सी पर बैठकर अगली नज़्म शुरू आता है।]

रावी : जिस बस्ती में आग लगी थी कल की रात
उस बस्ती में मेरा कोई नहीं रहता था!
औरतें, बच्चे, मर्द कई, और उम्ररसीदा लोग सभी
जिनके सर पे शोले और शहतीर गिरे,
उनमें मेरा कोई नहीं था

एक स्कूल जो कच्चा-पक्का था, और बनते-बनते ख़ाक हुआ,
जिसके मलबे में वो सब कुछ दफ़न हुआ,
जो उस बस्ती का मुस्तक़बिल कहलाता था!
उस स्कूल में...
मेरे घर से कोई कभी पढ़ने न गया
और न अब जाता था
मेरी कोई दुकान नहीं थी
मेरा कोई सामान नहीं था
दूर ही दूर से देख रहा था
कैसे कुछ ख़ुफ़िया हाथों ने जाकर आग लगाई थी

जब से देखा है, ये ख़ौफ़ बसा है दिल में,
मेरी बस्ती भी वैसी ही एक तरक़्क़ी करती, बढ़ती
बस्ती है और तरक़्क़ीयाफ़्ता कुछ लोगों को ऐसी
कोई बात पसन्द नहीं!!

[आख़िरी सतर पर सायरन की आवाज़ उभरती है और मंच पर अँधेरा छा जाता है। एक वक़्फ़े के बाद अँधेरे में गोलियाँ चलने की आवाज़ सुनाई देती है—सायरन और गश्त करती हुई ट्रक और गाड़ियों की आवाज़ सुनाई देती है।]

[इस अँधेरे में एक किरदार स्टेज पर पहले से रखे 4'×3'×1&½') के खोखले डब्बे में, जो कूड़ा फेंकने वाले डब्बे जैसा है उसमें छुप जाता है—धीरे-धीरे रौशनी स्टेज पर अलग-अलग जगह आकर रात में किसी सड़क का मंज़र पेश करती है। किरदार एक सामान की गठरी लेकर छुपा है—]

[सायरन की आवाज़ अब बन्द हो गई है। चारों तरफ़ सन्नाटा है, डर का माहौल है। शहर में कर्फ़्यू लगा हुआ है। पुलिस और मिलिट्री फ़ोर्स चारों तरफ़ फैली हुई है। इसी सन्नाटे के बीच एक आदमी छुपता-छुपाता मंच पर दाख़िल होता है। और पुलिस के डर से कूड़े के डब्बे के पीछे छुप जाता है। अचानक थोड़ी देर के बाद कूड़े के डब्बे में एक हरकत सी होती है, और कहीं से आवाज़ आती है।]

अन्दर वाला : *(अन्दर से)* कौन हो तुम?

[बाहर वाला चौंक जाता है और इधर-उधर देखने लगता है। फिर से अन्दर से आवाज़ आती है।]

अन्दर वाला : कौन हो? बोलते क्यूँ नहीं?
बाहर वाला : तुम कौन हो?...कहाँ हो?

[धीरे से एक सर कूड़े के डब्बे के अन्दर से निकलता है और बाहर छुपे आदमी की तरफ़ देखता है। एक दूसरे को देखकर दोनों डर जाते हैं।]

अन्दर वाला : कौन हो?—हिन्दू कि मुसलमान?
बाहर वाला : तुम कौन हो?—तुम बताओ पहले?
अन्दर वाला : जानते नहीं कर्फ़्यू है। और देखते ही गोली से उड़ा देने का हुक्म है!

[बाहर वाला बिलकुल ख़ामोश देखता है।]

अन्दर वाला : कहाँ जा रहे थे? कहीं आग लगाने? या बम फेंकने?
बाहर वाला : तुम क्यूँ छुप के बैठे हो यहाँ?...किसी का ख़ून किया है?...या करने के लिए छुपे हो?

[तभी एक तरफ़ से पुलिस की जीप की आवाज़, और दूसरी तरफ़ से उनके जूतों की आवाज़ और साथ ही साथ गोलियों के चलने की आवाज़ भी सुनाई देती है। बाहर वाला भी कूदकर उसी कूड़े के डिब्बे में छुप जाता है। गश्त की आवाज़ दूर चली जाती है तो दोनों मुंडियाँ

निकालकर चारों तरफ़ देखते हैं। दोनों बिलकुल ख़ामोश हैं, कुछ देर के बाद अन्दर वाला पूछता है।]

अन्दर वाला : तुमने बताया नहीं? हिन्दू हो कि मुसलमान?
बाहर वाला : तुम्हें क्या लगता है?
अन्दर वाला : शकल से तो...हिन्दू लगते हो!

[बाहर वाला अपने मुँह हाथ फेर के देखता है।]

बाहर वाला : वो कैसे?
अन्दर वाला : ऐसे ही!
बाहर वाला : तुम मुसलमान हो क्या?

[अन्दर वाला थोड़ा हिचकिचाता है।]

अन्दर वाला : तुम्हें क्या लगता है?
बाहर वाला : शकल से तो...

[कहते-कहते रुक जाता है। अन्दर वाला फिर पूछता है।]

अन्दर वाला : क्या लगता हूँ शकल से?
बाहर वाला : शकल से तो कुछ भी नहीं लगते। ...नाम क्या है तुम्हारा?
अन्दर वाला : शकल से बेवकूफ़ लगता हूँ क्या? नाम बता दूँ तो पता नहीं चल जाएगा तुम्हें? तुम्हारा नाम क्या है?

[सोचकर...]

बाहर वाला : गुलाब!

अन्दर वाला : गुलाब क्या?...गुलाब अहमद कि गुलाब चंद!

[अन्दर वाला इस सवाल का जवाब नहीं देता... पूछता है।]

अन्दर वाला : लगता है, तुम भी डरे हुए हो? भाग रहे हो!

बाहर वाला : हूँ...

अन्दर वाला : घर जल गया क्या?

बाहर वाला : हूँ...

अन्दर वाला : कोई मरा तो नहीं?...अपना कोई? यूँ तो बहुत मरे हैं पिछले दो दिनों में।

बाहर वाला : *(सर हिलाता है)* हाँ...!

अन्दर वाला : घर किसने जलाया?...हिन्दुओं ने?...(Pause) कि मुसलमानों ने?

[बाहर वाला उसकी तरफ़ देखता है। आँखों में ग़ुस्सा भरा है। अन्दर वाला कहता है।]

अन्दर वाला : ठीक है, ठीक है...कोई बात नहीं, इस वक़्त तो... दोनों ही मार खाए हुए हैं।...लेकिन ये कर्फ़्यू... और दो दिन नहीं हटा तो क्या होगा?

बाहर वाला : तुम कब से पड़े हो यहाँ?

अन्दर वाला : आठ घंटे हो गए...वहाँ, मेरे सामने, गोली लगी एक आदमी को!

बाहर वाला : कहाँ?

अन्दर वाला : सामने, नुक्कड़ पे...वो देखो अभी तक ख़ून लगा है। खम्भे पे गिरा जाके...!

[दोनों अपनी-अपनी जगह से झाँककर खम्भे की तरफ़ देखते हैं।]

अन्दर वाला : कुत्ते की तरह घसीट के ले गए साले, बन्दोबस्त वाले।

बाहर वाला : क्या किया था उसने?

अन्दर वाला : कुछ नहीं! कर्फ़्यू में भाग रहा था। हाथ में कुछ था। लोहे का औज़ार जैसा कुछ लगता था।

बाहर वाला : मज़दूर होगा कोई।

अन्दर वाला : पता नहीं गुंडा था कि मज़दूर कोई - लेकिन...

बाहर वाला : गुंडे मज़दूर में कोई फ़र्क़ नहीं पता चलता...वही मज़दूर थे अपने मिल में। वही गुंडे भी निकले। कुछ लोग मार रहे थे। कुछ बचा रहे थे। मुझे तो एक दोस्त बचा के घर ले गया। लेकिन वहाँ भी...

[बोलते-बोलते वो रुक जाता है। उसे महसूस होता है, वो अपनी पहचान बता रहा है...और कहता है—]

बाहर वाला : उसी की जात वालों ने हमला कर दिया। बेचारे ने अपनी जान पे खेल के मुझे निकाला।

[इतने में उन्हें फिर से पुलिस वालों के जूतों की आवाज़ें सुनाई देती हैं, दोनों मुंडियाँ दबाकर छुप जाते हैं। काफ़ी देर तक बाहर नहीं निकलते। फिर जब आवाज़ें आनी बन्द हो जाती हैं, तो अन्दर वाला पूछता है।]

अन्दर वाला : ये कर्फ़्यू दो दिन और नहीं हटा तो क्या करेंगे?

बाहर वाला : तुमने आठ घंटे से कुछ खाया नहीं?

अन्दर वाला : ऊँ हूँ!....*(नहीं)* कुछ है तेरे पास?

बाहर वाला : नहीं!

अन्दर वाला : इस वक़्त तो वो भी खा जाऊँ जो...मना है।

बाहर वाला : हिन्दू है तू?

[दोनों एक-दूसरे को देखते हैं। अन्दर वाला अपनी जेब में हाथ डालता है और पूछता है।]

अन्दर वाला : बीड़ी पीता है?

बाहर वाला : हाँ!

अन्दर वाला : पिएगा?

[वो एक बीड़ी बाहर वाला को देता है...और माचिस ढूँढ़ता है।]

अन्दर वाला : साली माचिस भी भीग गई।

बाहर वाला : धुआँ निकलेगा तो...?

अन्दर वाला : मत निकालयो—थोड़ा-थोड़ा, देख के छोड़यो।

[अन्दर वाला माचिस जलाने की कोशिश करता है लेकिन जला नहीं पाता, बाहर वाला कहता है।]

बाहर वाला : ला मुझे दे—मैं ट्राई करता हूँ।

[बाहर वाला माचिस लेकर अपने मुँह से फूँक कर उसे गर्म करता है। अन्दर वाला उसके क़रीब आ जाता है। बाहर वाला एक बार में ही माचिस जला लेता है।]

अन्दर वाला : सुबहान-अल्लाह क्या बात है—एक ही बार में...

[बाहर वाला के हाथ से माचिस गिर जाती है, और वो उसकी तरफ़ देखता है।]

बाहर वाला : मुसलमान है तू?

[पुलिस वालों के जूतों की आवाज़ एक बार फिर सुनाई देती है। अन्दर वाला बाहर वाले को भी नीचे खींच लेता है। दोनों अन्दर अपने आप को कूड़े में छुपाने की कोशिश करते हैं। एक हवलदार जो कूड़ेदान से आवाज़ का अन्दाज़ा लगाकर भागकर आता है। देखता है चारों तरफ़ कूड़ेदान के। कुछ दिखाई नहीं देता। हवलदार जिस तरफ़ से आता है उसी तरफ़ वापिस चला जाता है। वापिस जाते क़दमों की आवाज़ सुनाई देती है। अन्दर वाला जो मुसलमान है—कहता है।]

मुस्लिम : मरवा दिया था तूने!...दोनों मारे जाते।

[बाहर वाला उसकी तरफ़ देखता है। मुस्लिम पूछता है।]

मुस्लिम : हिन्दू है तू?

[बाहर वाला सर हिलाकर 'हाँ' कहा।]

मुस्लिम : डर गया था?

[बाहर वाला फिर से सर हिलाकर 'हाँ' कहा।]

मुस्लिम : पागल है—देखता नहीं इस वक़्त जान पे बनी है। तुझे मार के क्या मिल जाएगा मुझे? और तुझे क्या मिल जाएगा, मुझे मार के? लोग इसी ख़ौफ़ से मार देते हैं एक दूसरे को!

[मुस्लिम डिब्बे में झाँककर पोटली देखता है। और बाहर आ जाता है। हिन्दू पूछता है।]

हिन्दू : क्या है उस पोटली में?

मुस्लिम : डरो नहीं...कोई हथियार-वथियार नहीं है। कपड़े हैं, बच्चों के। यही लेने शहर में आया था और फँस गया। एक हिन्दू दोस्त है अपना। उसके घर ठहर गया था। लेकिन शाम को सुना था, शहर की हवा ठीक हो गई। रेडियो बोल रहा था। निकला तो फिर दंगे शुरू हो गए हैं।

हिन्दू : मैं भी रहमान के घर में था...दोस्त है मेरा। वो बेचारा भी क्या करता? वो लोग पहुँच गए। उसके घर को आग लगा दी। मुझे निकालने के लिए उसने...

[उसका गला भर आया।]

हिन्दू : उसके दोनों हाथ जल गए यार...जलता हुआ दरवाज़ा पकड़ के खड़ा रहा जब तक मैं पीछे से निकल नहीं गया वो...वो इतना अच्छा कारीगर! अब जब मशीनों पर खड़ा होगा तो क्या होगा उसका? वो मिल मालिक उसे निकाल देगा दोस्त! उसे नहीं रखेगा वो...और वो है भी तो...

[हिन्दू चुप हो जाता है। मुस्लिम कहता है।]

मुस्लिम : मैं भी आम तौर पर घाट ही पे सामान उतार के, थोड़ा-बहुत बाज़ार करके लौट जाया करता हूँ। इस बार इधर आ गया। बड़ी बस्ती के बाज़ार में। बच्चों के कपड़े लेने थे। ईद है कल। मेरा बहनोई यहीं फ़ैक्टरी में काम करता है। बहन को एडवांस में ईदी

दी और बहनोई को साथ ले लिया। बाज़ार में थे कि समझ ही नहीं आया, कब लोग भागने-दौड़ने लगे। मार दिया—मार दिया, का एक कोहराम मच गया। एक तरफ़ 'हर हर महादेव' सुनाई दिया। उधर से 'अल्लाहू-अकबर' की आवाज़ कान में पड़ी। समझ गया, फिर साली वही हिन्दू-मुसलमान की मार-काट लगी है। जाएँगे, दस-बीस तो जाएँगे—एक जगह बौखला के गिरा। भूल गया मेरा बहनोई कहाँ है, उसे ढूँढ़ने लगा। एक दुकान के तख़्ते तले मिला। पलटा तो ख़ून ही ख़ून। किसी ने पेट में छुरा घोंप दिया था। अब क्या किसी ने देखा होगा? पूछा होगा? हिन्दू है कि मुसलमान? किसी ने भी घोंप दिया छुरा।

[कहते-कहते रुक गया—उसका गला भर आया, उसने आगे कहा।]

मुस्लिम : सोचो—घसीट के बाहर निकला। कन्धे पर लिया और पास की एक गली में भाग रहा था कि भला हो 'पारो' का...

[एक वक़्फ़ा लेकर बोला।]

मुस्लिम : एक औरत जो भाग रही थी, उसी ने बाँह से पकड़ा और घर के अन्दर खींच लिया। उसने पहचान लिया था। हमारे गाँव की थी। उसका मियाँ, केशटू मेरा दोस्त है। उसी के घर में था कल से।

हिन्दू : और बहनोई तुम्हारा?

मुस्लिम : वहीं है...बच गया...पारो से कहा था, मेरी बहन

को ख़बर कर दे।

[अचानक दूर से दंगों की आवाज़ सुनाई पड़ती है, और साथ ही साथ गोलियों की आवाज़ भी... कुछ मिलिट्री ट्रक गुज़रने की आवाज़ भी आती है...दोनों डिब्बे में दुबकने लगते हैं। मुस्लिम कहता है।]

मुस्लिम : यह ऊपर का बल्ब तोड़ देना चाहिए। बहुत लाइट पड़ती है।

हिन्दू : आवाज़ होगी तो, इधर तलाश शुरू हो जाएगी।

[अभी तक दंगों की आवाज़ सुनाई दे रही थी। मुस्लिम बेसब्री से कहता है।]

मुस्लिम : लगता है फिर से कहीं छिड़ गई। मार-काट लग गई फिर से।

हिन्दू : रुकी कब थी? रेडियो तो ख़्वाहमख़्वाह बोलता रहता है। सब कंट्रोल में है।

[दोनों आवाज़ें सुनने की कोशिश करते हैं...]

मुस्लिम : मेरा ख़याल है यहाँ से निकल जाना चाहिए। नहीं तो, यहीं के यहीं मारे जाएँगे इस डब्बे में!

[मुस्लिम उठने की कोशिश करता है, मगर हिन्दू उसे अन्दर खींचता है।]

हिन्दू : बैठ जा...मरना है...मुफ़्त में जान देना चाहता है। अरे वो दंगे वाले नहीं पहुँचे तो ये बन्दोबस्त वाले गोली मार देंगे।

[मुस्लिम बैठते हुए कहता है।]

मुस्लिम : देखो यार—मुझे किसी तरह, बूढ़ी गंगा तक पहुँचना है। मैं माँझी हूँ। मेरी कश्ती खड़ी है बादाम तला घाट पर। इसीलिए केशटू के घर से निकल आया था। भाभी ने बहुत कोशिश की रोकने की, केशटू की बीवी ने, लेकिन कल ईद है। घर में मेरी बीवी, बच्चे सब के सब, फ़िक्र में घुल रहे होंगे। ख़बर तो सुनी होगी उसने भी। कोई भरोसा नहीं वो, वो पट्ठी कश्ती लेके शहर पहुँच जाए—माँझी की बेटी है वो भी—बड़े तूफ़ान देखे हैं उसने...!

हिन्दू : कौन से गाँव जाना है तुझे?

मुस्लिम : सुबड़ा—बूढ़ी गंगा के पार! और तू कहाँ का है?

हिन्दू : चाश्ड़ा...नारायणगंज के पास।

मुस्लिम : वो तो उलटी तरफ़ है। नहीं तो मैं ही ले चलता तुझे।

[वो बाहर की तरफ़ देखता है। गणेश भी उसी तरफ़ देखता है। हिन्दू पूछता है।]

हिन्दू : यहाँ से निकले भी तो जाएँगे कहाँ?

मुस्लिम : यहाँ से तो निकलो—यहाँ तो जिसने भी देखा, शक करेगा—और कहीं हवलदारों ने देख लिया तो बे-मौत मारे जाएँगे।

[धीरे से दोनों कूड़े के डब्बे से निकलते हैं, मंच पर घुटनों-घुटनों रेंगते हुए एक चक्कर सा लगाकर दूसरी तरफ़ रुकते हैं। रौशनी बदलती है। रौशनी से मंज़र और मुक़ाम बदलने का

अन्दाज़ा होता है। वो वहाँ आड़ में छुपे खड़े हैं, हिन्दू का पैर किसी चीज़ से टकराता है।]

हिन्दू : हे भगवान!

मुस्लिम : क्या हुआ?

हिन्दू : लाश है किसी आदमी की!

[मुस्लिम एक पल को रुकता है—उस लाश को देखता है, फिर कहता है।]

मुस्लिम : मुर्दों की छोड़, ज़िन्दों की सोच...चल...

हिन्दू : ऐसे कैसे यार? इनसान जीता-जागता। कबाड़ी के सामान की तरह ख़ाली कर दिया...फेंक दिया...!

मुस्लिम : ऐसा ही होता है...या तो चूल्हे में डालकर जला देते हैं, या गड्ढे में डालकर मिट्टी में फेंक देते हैं...!

[वो स्टेज के दाईं तरफ़ जाते हैं, उन्हें एक पाइप से पानी बहता हुआ दिखाई देता है, दोनों रुक जाते हैं...!]

हिन्दू : प्यास लगी है।

मुस्लिम : पता नहीं कैसा है पानी?

[हिन्दू पानी छूता है।]

हिन्दू : पता नहीं—ठंडा तो है।

[हिन्दू ने चुल्लू बनाकर थोड़ा सा पानी पिया... उसे अच्छा लगा...!]

हिन्दू : साफ़ ही लगता है।

[मुस्लिम ने भी थोड़ा पानी पिया और दोनों आगे बढ़े...मुस्लिम आगे चल रहा था...हिन्दू स्टेज पर लगी दीवार के पीछे चला जाता है। रास्ते में कहीं एक-दो बार जीप या मिलिट्री ट्रक के गुज़रने की आवाज़ सुनाई देती है।

अचानक मुस्लिम अपने आपको अकेला महसूस करता है। हिन्दू कहीं दिखाई नहीं देता। वो चारों तरफ़ देखता है और फ़िक्रमंद हो जाता है। वो कर्फ़्यू की वजह से ज़ोर से उसे पुकार भी नहीं सकता...इसीलिए वो धीरे से उसे आवाज़ देता है, लेकिन उसका नाम उसे याद नहीं आता...]

मुस्लिम : ऐ...ऐ...गुलाब...गुलाब चंद...

[मुस्लिम इधर-उधर फिर से देखता है, हिन्दू कहीं नज़र नहीं आता।]

मुस्लिम : गुलाब...गुलाबचंद...

[तभी हिन्दू उसे दिखाई पड़ता है...!]

मुस्लिम : कहाँ चला गया था?

हिन्दू : वो उधर रेड़ी खड़ी थी। मैंने सोचा शायद तेरे लिए कुछ खाने को मिल जाए। दस घंटे से तूने कुछ खाया नहीं...

[मुस्लिम आगे बढ़ गया है।]

मुस्लिम : चल...टाइम मत गँवा इस वक़्त!...कुछ मिला खाने को?

हिन्दू : नहीं यार....खिलौनों की रेड़ी थी।

[दोनों चलने लगे, उन्हें फिर से जीपों की और सीटियों की आवाज़ सुनाई देती है...दोनों एक-दूसरे की तरफ़ देखते हैं। वो एक छोटा सा चक्कर काट के स्टेज पर लगे एक तख़्ते पर चढ़ जाते हैं। हिन्दू आगे-आगे चल रहा था। अचानक मुस्लिम उसे खम्भे की आड़ में खींचता है।]

मुस्लिम : ऐ...ठहर...

हिन्दू : क्या हुआ?

[मुस्लिम बाईं तरफ़ इशारा करता है। एक नुक्कड़ पर खड़े पुलिस वाले को दिखाता है।]

मुस्लिम : पुलिस वाले...

हिन्दू : अब...?

[धीरे से मुस्लिम ने कहा।]

मुस्लिम : सड़क पार, दाएँ तरफ़ जो गली है ना...

हिन्दू : हूँ...

मुस्लिम : बस वहीं पहुँचना है मुझे। वो गली सीधी बादाम तला घाट पे निकलेगी, घाट के पास।

हिन्दू : घाट के पास!

मुस्लिम : लेकिन बाईं तरफ़, ये जो बैठे हैं...हवलदार...अब क्या करें?

हिन्दू : और मैं क्या करूँगा? 'बादाम तला' में...?

मुस्लिम : हूँ...तो तू यहीं ठहर जा...मैं निकल जाता हूँ।

[वो बाहर की तरफ़ देखने की कोशिश करता है, मगर हिन्दू उसे अन्दर की तरफ़ खींचता है।]

हिन्दू : मत कर...ज़रा सी मुंडी भी नज़र आ गई तो उड़ा देंगे वो लोग।

[तभी पुलिस की जीप की आवाज़ सुनाई पड़ी, जैसे सामने से ही निकली हो। अचानक उनके पीछे की खिड़की में बत्ती जली। जिससे उन्हें पता चला कि वो पुलिस स्टेशन की खिड़की थी। दोनों दीवार से चिपककर खड़े हो गए। और बत्ती बुझने का इन्तज़ार करने लगे। जैसे ही बत्ती बुझ गई, दोनों ने चैन की साँस ली... मुस्लिम ने धीरे से कहा।]

मुस्लिम : लगता है पोलिस स्टेशन है।

हिन्दू : हूँ...यहाँ से तो वो कूड़े का डब्बा ही अच्छा था।

मुस्लिम : एक-दो घंटे की बात है। सुबह हो जाएगी तो...

हिन्दू : सुबह हो जाएगी तो क्या छोड़ देंगे?

[थोड़ी देर दोनों ख़ामोश रहे...फिर हिन्दू ने कहा।]

हिन्दू : चल वहीं...उस रेड़ी के पास चलते हैं, वहाँ छुपने की जगह तो है।

मुस्लिम : मैं तो अब अल्लाह का नाम लेके निकल जाने वाला हूँ। सुबह होने से पहले घर पहुँचना बहुत ज़रूरी है।

[हिन्दू घुटनों के बल बैठकर बाहर चौकी की तरफ़ झाँकने लगा। अब पुलिस वाले वहाँ नहीं

थे, उसने कहा।]

हिन्दू : वो तो गए...नहीं हैं सामने।

मुस्लिम : हूँ?

[मुस्लिम ने भी झाँककर देखा। एक उम्मीद उसके चेहरे पर नज़र आई।]

मुस्लिम : गुलाब चंद...यही चांस है मेरा।

[दोनों एक-दूसरे को मानीख़ेज़ अन्दाज़ में देखते हैं।]

हिन्दू : मेरा नाम गुलाब नहीं—अवतार है। मैंने झूठ बताया था।

[मुस्लिम मुस्कुराया और कहा।]

मुस्लिम : मेरा करीम है। अच्छा अवतार मैं निकलता हूँ।

[अवतार की आँखों में आँसू आ गए। उसने मुस्कुराते हुए उसे विदा किया।]

हिन्दू : ख़ुदा हाफ़िज़—ध्यान से जाइयो—दोस्त! याद रहेगा तू।

मुस्लिम : अल्लाह ने चाहा तो फिर मिलेंगे।

[मुस्लिम दो क़दम चलता है फिर पलटता है और हिन्दू को गले लगाता है। दोनों एक-दूसरे को भरी हुई आँखों से देखते हैं। मुस्लिम पोटली हाथ में लिये चला जाता है। कुछ दूर चले जाने के बाद भी पलटकर हाथ दिखाता है। थोड़े

वक़्फ़े के बाद पुलिस की सीटी की आवाज़, सिपाहियों के दौड़ते हुए बूटों की धमक, और गोलियाँ चलने की आवाज़ सुनाई देती है—हिन्दू फ़िक्रमंद होकर मुस्लिम के जाने वाले रास्ते को तकता है। क्योंकि ये आवाज़ें उसी तरफ़ से आ रही थीं। वो लपककर उस रास्ते को देखता है और वहीं 'करीम' कहते हुए रोते-रोते बैठ जाता है। रौशनी धीरे-धीरे मद्धम होते हुए पूरे स्टेज पर अँधेरा छा जाता है।]

[कुछ वक़्फ़े बाद, धीरे से रौशनी होती है और साथ ही एक रावी नज़्म पढ़ते हुए स्टेज पर सामने आता है।]

रावी : वो लाश जो चौक में पड़ी है
ना सर पे टोपी, न जूता पैरों में, जेबें ख़ाली
न नाम है, न पता ठिकाना
बस इक लिफ़ाफ़ा मिला है, जिसमें लिखा हुआ था :
"मैं इस जहां से गुज़र रहा था
बड़ा कठिन था, मगर यहाँ एक रात रुकना
सवालों से घुट गई थीं साँसें
मैं जा रहा हूँ—!"

तलाश जारी है, सर से पाँव तलक, कि आख़िर,
मरा, तो किस चीज़ से मरा है?
निशान गोली का? ज़ख़्म कोई....?
किसी ने मारा?
कि दिल का दौरा पड़ा अचानक?

या ज़हर खा के वो ज़िन्दगी के ख़िलाफ़
कोई गिला था जो दर्ज कर गया है!

तलाश जारी है, गर मरासिम ख़ुदा से थे भी,
तो गुफ़्तगू—किस ज़बान में थी?
वो कौन है जिसकी मार्फ़त वो अदम गया है?
ना चोटी सर पर, न सजदे का माहताब माथे पे
'कड़ा' नहीं है कलाई में, और न है गले में सलीब कोई
जलाएँ उसको, कि दफ़न कर दें?
अदम को जाना भी इतना आसां नहीं है हमदम,
जो देख सकते, कि ख़त गया,
पर लिफ़ाफ़े की छानबीन जारी है,
और तफ़तीश हो रही है!

[नज़्म के आख़िर में, दूसरी रावी स्टेज पर आती है। और पहला स्टेज के साथ विंग में चला जाता है। दूसरी रावी नज़्म पढ़ना शुरू करती है।]

रावी : ये मंज़र पहले देखा है!
फ़ौज की फ़ौज खड़ी है जम कर
बन्दूक़ें ताने कंधों पर
और हुजूम इक लोगों का, बाँहें लहराता
शायद उन्नीस सौ उन्नीस, और अमृतसर है
जलियाँवाला बाग़ से मिलता-जुलता है!

[विंग से दो किरदार और निकलकर स्टेज पर आते हैं, अनूप और वैशाली। अनूप नज़्म को आगे पढ़ता है।]

रावी-1 : या उन्नीस सौ छत्तीस में लाहौर का मंज़र
तहरीकेआज़ादी के उस सालाना जलसे का दिन है!

[वैशाली उस नज़्म में शरीक हो जाती है। हॉल की तरफ़ इशारा करते हुए।]

रावी-2 : इस तस्वीर में कितना कुछ जाना-पहचाना सा लगता है
इन लोगों के चेहरे भी पहचाने से हैं
इन चेहरों पर मायूसी और ग़ुस्से की तहरीरें भी
इनकी उम्रें, इनके जज़्बे
मैं उन सबसे वाक़िफ़ हूँ!

[फिर एक और अदाकार 'यशपाल' स्टेज पर नज़्म को आगे पढ़ते हुए आता है। आहिस्ता-आहिस्ता पूरी 'कास्ट' स्टेज पर आ जाती है।]

रावी-3 : हो सकता है, सन् उन्नीस सौ बयालीस था और इलाहाबाद था
चौक के बीचोबीच बने इस गोल जज़ीरे के जंगले में
फ़ौज की फ़ौज खड़ी थी जम कर
दायरा खींचे, बन्दूक़ें ताने कंधों पर

[फिर एक अदाकार 'गणेश' आगे की सतरें पढ़ता है।]

रावी-4 : और हुजूम इक लोगों का, बाँहें लहराता
बल्ली बल्ली उछलते हुए हवा में, मुट्ठियाँ भींचे

[किशोर भी स्टेज पर आ जाता है और आगे की सतरें पढ़ता है।]

रावी-5 : लोगों के हाथों में तब भी
ऐसा ही झंडा था...
नारों की आवाज़ वही थी
इसी तरह से चली थी गोली
इसी तरह कुछ लोग मरे थे

लुब्ना : और सड़क पर ख़ून बहा था...

अनूप : चौक के बीचोबीच मगर,
उस लोहे के जँगले के अन्दर
इक अंग्रेज़ का बुत था पहले
अब गांधी की मूर्ति है

लुब्ना : लेकिन अब तो...
सन् उन्नीस सौ बानवे है!

अतुल : पर ये तो सन 2003 तीन है!

[सब एक-दूसरे को सवालिया नज़रों से देखते हैं—धीरे-धीरे रौशनी मद्धम होने लगती है। सारे अदाकार एक-दूसरे का हाथ पकड़कर दर्शकों का अभिनंदन झुककर स्वीकार करते हैं।]

लकीरें

शुरुआत

[स्टेज पर धीरे-धीरे मौसीक़ी उभरती है...साथ ही स्टेज की रौशनी दाएँ से बाएँ तरफ़ घूमती हुई...एक पेड़ को रौशन करती है। मुसन्निफ़ की आवाज़ गूँजती है।]

मुसन्निफ़ : वक़्त सब ज़ख़्म भर देता है, सारी ख़राशें हमवार कर देता है।
साठ साल हुए, मुल्क तक़सीम हुए, बँटवारे किए। ज़िन्दगी ने एक और दायरा मुकम्मिल कर लिया। हिन्दुस्तान से गया मुहाजिर, पाकिस्तान का प्रेज़ीडेंट बन चुका है। पाकिस्तान से आया रेफ़्यूजी हिन्दुस्तान का प्राइम मिन्सटर है।
ख़ून और आग से कटी ज़मीनों पर फिर घास उगने लगी है। सरहदों पर लोग बसने लगे हैं। नई नस्लें, फिर से फ़सलों की तरह लहराने लगी हैं। सियासत वालो, इनके बीच से हट जाओ, धूप आने दो, ये नस्लें बड़ी जल्दी पकने वाली हैं।

[स्टेज पर फिर से रौशनी घूमती हुई आती है और रौशनी के साथ पहला रावी 'सलीम आरिफ़' स्टेज पर नज़र आते हैं। एक नज़्म पढ़ते हुए।]

रावी 1 : हाथों ने दामन छोड़ा नहीं
आँखों की सगाई टूटी नही
हम छोड़ तो आए अपने वतन
सरहद की कलाई छूटी नहीं

जब नाम हमारा लेते हो, क्यों आँखें छलकने लगती हैं
तुम झूठे हो लब से कुछ भी कहो, आँखों की ज़ुबां तो झूठी नहीं

[पहले रावी की नज़्म के आख़िर में दूसरी रावी 'सीमा सहगल' दाएँ तरफ़ से एक नज़्म गुनगुनाती हुई आती हैं। और पहला रावी स्टेज से चला जाता है। और रौशनी का दायरा दूसरी रावी पर सिमट के रह जाता है।]

रावी 2 : बड़ी उदास है वादी
गला दबाया हुआ है किसी ने उँगली से
ये साँस लेती रहे, पर ये साँस ले न सके!

दरख़्त उगते हैं, बढ़ते हैं, कुछ सोच-सोच कर जैसे
जो सर उठाएगा पहले वही क़लम होगा
झुका के गरदनें आते हैं अब्र, नादिम हैं
कि धोये जाते नहीं ख़ून के निशां उनसे!

हरी हरी है, मगर घास अब हरी भी नहीं
जहाँ पे गोलियाँ बरसीं, ज़मीं भरी भी नहीं
वो 'माइग्रेटरी' पंछी जो आया करते थे

वो सारे ज़ख़्मी हवाओं से डर के लौट गए
बड़ी उदास है वादी—ये वादी-ए-कश्मीर!

[दूसरी रावी की नज़्म के आख़िर के बाएँ तरफ़ से, तीसरी रावी 'लुब्ना सलीम' स्टेज के बीच में आती हैं। और एक दूसरी नज़्म शुरू करती हैं। सीमा रौशनी के दायरे से निकलकर स्टेज पर से चली जाती हैं। और रौशनी का दायरा सिर्फ़ तीसरी रावी पर ही रह गया।]

रावी 3 : सुबह-सुबह इक ख़्वाब की दस्तक पर दरवाज़ा खोला, देखा
सरहद के उस पार से कुछ मेहमान आए हैं
आँखों से मानूस थे सारे
चेहरे सारे सुने सुनाए
पाँव धोये, हाथ धुलाये
आँगन में आसन लगवाए...
और तन्नूर पे मक्कई की कुछ मोटे-मोटे रोट पकाए
पोटली में मेहमान मेरे
पिछले सालों की फ़सलों का गुड़ लाये थे
आँख खुली तो देखा घर में कोई नहीं था
हाथ लगाकर देखा तो तन्नूर अभी तक बुझा नहीं था
और होंठों पर मीठे गुड़ का ज़ायक़ा अब तक चिपक रहा था
ख़्वाब था शायद!....ख़्वाब ही होगा!...

सरहद पर कल रात, सुना है, चली थी गोली

सरहद पर कल रात, सुना है
कुछ ख़्वाबों का ख़ून हुआ था!!

[नज़्म के आख़िर में धीरे से संगीत उभरता है। रावी चली जाती है। संगीत उभरते हुए बहुत तेज़ होता हुआ फिर धीमा हो जाता है, और स्टेज पर अँधेरा छा जाता है। कुछ वक़्त बाद फिर तीसरी रावी स्टेज पर रौशनी के दायरे के साथ उभरती है। और सामने आकर 'एल ओ सी' कहानी कहना शुरू करती है।]

रावी 3 : सन् 1948 की झड़प के बाद...हिन्दुस्तान के बॉर्डर पर, फ़ौजें तक़रीबन बस चुकी थीं। बैरकें (Barracks) भी पक्की हो गई थीं और बंकर भी—सन् 1965 तक के पन्द्रह सालों में, एक रवायत सी बन गई थी, फ़ौजी टुकड़ियों के आने, बसने और विदा होने की। बॉर्डर की ज़िन्दगी ने अपने आप एक निज़ाम बना लिया था। दोनों तरफ़ की धुआँधार तक़रीरों के पीछे, बन्दूक़ों की आइरिंग फ़ाइरिंग का मामूल भी बन गया था। नॉर्मल मामूल यही था कि जब भी कोई वज़ीर दौरे पर आता, तो आसपास के इलाक़ों में फ़ौजी फ़ाइरिंग करते थे। और कभी-कभी किसी गाँव में घुसकर कुछ भेड़-बकरियाँ उठाकर ले जाते, और रात को कैम्प में दावत हो जाती। कुछ सिविलियन मारे जाते, तो अख़बारों को सुर्ख़ियाँ मिल जातीं और लीडरों को तक़रीरों के लिए मवाद मिल जाता!

[स्टेज पर एक नौजवान (फ़ैसल) हिन्दुस्तानी

फ़ौजी लिबास में, हाथों में बन्दूक़ थामे दाख़िल हुआ और फ़ायर करने की पोज़ीशन में खड़ा हो जाता है।]

रावी 3 : LOC एक ज़िन्दा तार की तरह सुलगती रहती है।

[उसी वक़्त नौजवान फ़ौजी फ़ायर करता है। गोली की आवाज़ स्टेज पर गूँज उठती है।]

रावी 3 : कभी-कभी बहुत बड़ा वक़्फ़ा आ जाता इसी आपसी जंगबाज़ी में, तो लगता जैसे रस्म-व-राह ही नहीं रही। ताल्लुक़ात ठंडे पड़ गए।

[एक और नौजवान फ़ौजी लिबास में स्टेज पर बाएँ तरफ़ से दाख़िल होता है। पहला फ़ौजी उससे पूछता है।]

फ़ौजी 1 : क्या बात है?...आज पाकिस्तान की तरफ़ से जवाब में कोई गोली नहीं आई?

फ़ौजी 2 : सो रहे होंगे यार!

फ़ौजी 1 : जगाने के लिए ही तो गोली चला रहा हूँ। कोई जंग थोड़ी ही करनी है। यूँ ही ज़रा सलाम-दुआ हो जाती है।

फ़ौजी 2 : हाँ...कुछ दिन ख़ामोशी हो जाए तो लगता है जैसे, ताल्लुक़ात ही ख़त्म हो गए। रिश्तेदार हैं आख़िर। राम, जयराम की, होती रहनी चाहिए नां!

[गोली की आवाज़ सुनाई दी।]

फ़ौजी 1 : ले...सलाम आ गया, महबूब की तरफ़ से। तू भी वालेकुम अस्सलाम कह दे।

[पहला फ़ौजी दूसरे को बन्दूक़ देता है। और वो गोली दाग़ देता है।]

फ़ौजी 2 : यार, अब कुछ-कुछ हलका-हलका महसूस हो रहा है।

[दोनों एक-दूसरे को देखकर हँसते हैं। और स्टेज के बाएँ तरफ़ चले जाते हैं।]

रावी 3 : ताल्लुक़ात ताज़ा करने के लिए, फिर कुछ दिन आतिशबाज़ी कर लेते, ख़ून गर्म हो जाता। कुछ जवान इधर मारे जाते और कुछ जवान उधर मारे जाते। ख़बरों में एक गिनती का ज़िक्र होता, पाँच इधर मारे गए, सात उस तरफ़...और जमा तफ़रीक़ का हिसाब बन जाता। दोनों तरफ़ के बंकर भी कोई दूर नहीं थे। कभी यूँ भी होता था कि उधर की पहाड़ी से किसी सिपाही के माहिया गाने की आवाज़ आती है।

"दो पुत्तर अनारां दे
साड्डी गली लंग माहिया
हाल पुछ जा बीमारां दे।"

रावी 3 : तो इधर के सिपाही ने गाके जवाब दिया।

[एक और फ़ौजी गाते हुए स्टेज के दाएँ तरफ़ से आता है।]

"दो पुत्तर अनारां दे
पहरे नहीं हड दे चनां
तेरे भैड़े भैड़े यारां दे।"

[दूसरा फ़ौजी गाते हुए स्टेज के दाएँ तरफ़ से चला जाता है।]

[फिर स्टेज पर बाएँ तरफ़ से हिन्दुस्तानी फ़ौज के मेजर कुलवंत सिंह और जूनियर कैप्टन मजीद दाख़िल होते हैं।]

रावी 3 : आमने-सामने की पहाड़ियाँ भी, बस कंधों ही की दूरी पर थीं। झुक जाएँ तो शायद गले ही लग जाएँ। उधर की अज़ान इस तरफ़ सुनाई देती थी। और इधर की उस तरफ़।

[अज़ान की आवाज़ सुनाई दे रही थी।]

मे. कुलवंत : ओये...अपनी तरफ़ तो बांग एक ही बार हुआ करती थी। ये आधे घंटे बाद फिर कैसे शुरू हो गई...?

[कैप्टन मजीद हँस पड़ा था। अज़ान की आवाज़ धीमे-धीमे ख़ामोश हो गई।]

कै. मजीद : उस तरफ़ की है सर! पाकिस्तान का वक़्त हमसे आधा घंटे पीछे है ना।

मे. कुलवंत : तो तुम कौन सी बांग पर नमाज़ पढ़ने जाते हो?

[फ़ैसल स्टेज के बाएँ तरफ़ से दाख़िल हुआ।]

कै. मजीद : जो जिस दिन सूट कर जाए, सर!

[कैप्टन मजीद सैलूट मार के स्टेज के दाएँ तरफ़ निकल गया।]

मे. कुलवंत : इस कैप्टन मजीद को देखते हो?

फ़ैसल : बहुत प्यारा इनसान है। Always Smiling.

मे. कुलवंत : मुझे तो कुछ ज़्यादा ही प्यारा लगता है।

[दोनों हँसते हैं।]

मे. कुलवंत : या मैं उसे प्यारा लगता हूँ। बड़ी जल्दी मुँह लग गया। कभी भी मिलने चला आता है। ज़रा-ज़रा सी बात पे, राय लेने चला आता है। उस दिन एक टाई लेकर चला आया। पूछने लगा, 'कैसी है सर?' मैंने कहा, 'अच्छी है! ये प्रिंटेड फूल यहीं के हैं कश्मीर के!' 'यस सर!' कह के मुझे दे दिया। कहने लगा...'मुझे वो आपकी टाई, फ्रांस डिज़ाइन वाली बहुत अच्छी लगती है। Exchange करेंगे?' जूनियर इस तरह की बात नहीं करते सीनियर के साथ। मैं सोच में पड़ गया। 'वैल...' बोला, 'कर लीजिए सर!' और वो टाई रखकर मेरी पुरानी टाई थी, वो ले गया।

फ़ैसल : बच्चों जैसा है।

मे. कुलवंत : हाँ...उसकी मुस्कुराहट बोलती है, जैसे मेरा ही हाथ पकड़ के बड़ा हुआ है।

[दोनों हँसते हैं।]

फ़ैसल : अच्छी बात है...बेटा बना लो।

[फिर फ़ैसल स्टेज के बाएँ तरफ़ निकल जाता है। दाएँ तरफ़ से रावी-3 दाख़िल होती है। और कहानी आगे बढ़ाती है।]

रावी 3 : कुलवंत ने कहा था, उस नौजवान कैप्टन मजीद

में कोई बात तो है कि बड़ी जल्दी मुँह लग गया। उसकी मुस्कुराहट यूँ बोलती थी जैसे मेरा ही हाथ पकड़ के बड़ा हुआ है।
एक रोज़ कैप्टन मजीद, रात के वक़्त इजाज़त लेकर उसके ख़ेमे में दाख़िल हुआ।

कै. मजीद : May I com in Sir.

[कैप्टन मजीद स्टेज के बाएँ तरफ़ से दाख़िल हुआ। उसके हाथ में एक खाने का टिफ़िन बॉक्स है।]

मे. कुलवंत : आ जाओ मजीद!

[कैप्टन मजीद ने टेबल पर टिफ़िन रख दिया।]

मे. कुलवंत : ये क्या ले आए?

कै. मजीद : गोश्त है सर, घर में पकाया है।

[मेजर कुलवंत टिफ़िन खोलने लगते हैं।]

मे. कुलवंत : अच्छा?...अचानक ये कैसे भई?

कै. मजीद : आज बक़रीद थी सर! क़ुर्बानी का गोश्त है, खाएँगे ना?

मे. कुलवंत : हाँ भई क्यों नहीं!

[मेजर कुलवंत ने टिफ़िन खोलकर देखा।]

मे. कुलवंत : वाह...क्या ख़ुशबू है, गर्म मसाले की!

[कुलवंत टिफ़िन से गोश्त का टुकड़ा हाथ से निकालते हैं, और कहते हैं।]

मे. कुलवंत : Make a drink for yourself.

कै. मजीद : No Sir...Thank you Sir.

मे. कुलवंत : कम ऑन...! ड्रिंक बनाओ।

[कैप्टन मजीद स्टेज के बाएँ तरफ़ टेबल पर रखे मग में ड्रिंक बनाता है।]

मे. कुलवंत : और ईद मुबारक!

[मेजर कुलवंत, कैप्टन मजीद को गले लगाते हैं जैसे आम तौर पर ईद में गले मिलते हैं।]

मे. कुलवंत : "किसी ज़माने में फ़त्तू मासी खिलाया करती थी। मुश्ताक़ की अम्मी, 'सहारनपुर' में। काले चने की घुंघनियाँ और भुना गोश्त खाया है कभी? ओये तू कहाँ से खाएगा।

कै. मजीद : मेरी बहन ने भेजा है सर।

मे. कुलवंत : वो यहाँ है? कश्मीर में?

कै. मजीद : सर है यहीं, कश्मीर में लेकिन...

मे. कुलवंत : लेकिन क्या?...

कै. मजीद : 'ज़रगुल' में है, उस तरफ़!

मे. कुलवंत : अरे...?

[अचानक मेजर कुलवंत, कैप्टन मजीद की बात पर ग़ौर करता है।]

मे. कुलवंत : This is for Eid.

[दोनों चियर्ज़ करते हैं।]

मे. कुलवंत : चियर्ज़...और फिर से ईद मुबारक!

[एक बार फिर दोनों गले मिलते हैं।]

मे. कुलवंत : तो फिर टिफ़िन भेजा कैसे तुम्हारी बहन ने?

[कैप्टन मजीद थोड़ा सहम जाता है।]

मे. कुलवंत : तुम गए थे उस तरफ़?

कै. मजीद : नो सर!...नेवर, हरगिज़ नहीं!

मे. कुलवंत : तो...?

कै. मजीद : मेरे बहनोई उस तरफ़ लेफ्टिनेंट कमांडर हैं। बहन मिलने आई थी।

मे. कुलवंत : How did you manage that?...क्या बन्दोबस्त किया था?

कै. मजीद : "नीचे गाँव में बहुत से लोग हैं जिनके घर इस तरफ़ हैं और खेतियाँ उस तरफ़। इसी तरह उस तरफ़ भी ऐसे ही कुछ गाँव हैं, जिनके घर और खेत बँटे हुए हैं। ख़ानदान भी, रिश्तेदार भी।

रावी-3 : अल्फ़ाज़ से ज़्यादा कुलवंत सिंह को कैप्टन मजीद की आवाज़ पर यक़ीन था।

कै. मजीद : सर! उस तरफ़ के कमांडर आपके दोस्त हैं सर! मैंने आपका एक आर्टिकल पढ़ा था इसलिए जानता हूँ।

रावी-3 : मेजर कुलवंत को फ़ौरन एक नाम का शक हुआ।

[बैकग्राउंड में मौसीक़ी उभरती है।]

कै. मजीद : कमांडर मुश्ताक़ अहमद...!

मे. कुलवंत : मुश्ताक़ अहमद खोखर! सहारनपुर से?

[मेजर कुलवंत ख़ेमे की खिड़की के पास

जाकर खड़ा हो गया,—बाहर कुछ फ़ौजी क़दम मिलाकर मार्च पास्ट करते कैम्प क्रॉस कर रहे थे।]

[बैकग्राउंड में मौसीक़ी उभरती है।]

कै. मजीद : कमांडर मुश्ताक़ अहमद...मेरी बहन के ससुर हैं सर!

मे. कुलवंत : ससुर—? ओये नसीमा के बेटे से शादी हुई तुम्हारी बहन की?

कै. मजीद : जी—!

[बैकग्राउंड में मौसीक़ी उभरती है।]

मे. कुलवंत : ओये तू...

[मेजर कुलवंत, कैप्टन मजीद को गले लगाता है। कुछ देर के बाद मजीद विंग के बाहर चला जाता है रावी कहानी आगे बढ़ाती है।]

रावी-3 : मुश्ताक़ और कुलवंत दोनों 'सहारनपुर' के थे। किसी ज़माने में एक साथ 'दून कॉलेज' में पढ़ते थे। और दोनों ने 'दून मिलिट्री ऐकडमी' में ट्रेनिंग ली थी।
मुश्ताक़ की अम्मी और कुलवंत की बेजी बड़ी पक्की सहेलियाँ थीं।

मे. कुलवंत : हम दोनों की पैदाइश भी बस आगे-पीछे ही की थी। बेजी कभी-कभी मज़ाक़ करतीं..."ओये तू तो मुसलमान है। फ़त्तू का दूध पिया है तूने।" और मैं झेंप जाता।

रावी-3 : फिर मुल्क तक़सीम हो गया। फ़ौजें भी तक़सीम हो गईं। मुश्ताक़ अपने ख़ानदान समेत पाकिस्तान चला गया। और कुलवंत यहीं रहा। दोनों ख़ानदानों में उसके बाद कोई मेल न रहा।

चन्द रोज़ बाद कुलवंत ने अपने एक जूनियर विश्वा को साथ लिया और कैम्प से दूर एक पहाड़ी की आड़ से उसने मुश्ताक़ को वायरलेस पर कॉन्टेक्ट कर लिया।

[हेलो...हेलो...विश्वा की आवाज़ आती है। और धीरे-धीरे वो दोनों स्टेज के बीच में आकर खड़े होते हैं।]

विश्वा : सर...सर...लग गया।

[विश्वा वायरलेस का रिसीवर मेजर कुलवंत को देता है।]

मे. कुलवंत : टाइगर मुश्ताक़...हेलो...टाइगर मुश्ताक़...कुलवंत हियर...ओये...उल्लू के पट्ठे...हरामज़ादिया... ख़बर भी नहीं लत्ती तू ने...बेग़ैरत...यारा...कैसा है तू...फ़त्तू मासी कैसी है?...बेजी?...बेजी ठीक हैं... वहीं सहारनपुर...ओये बड़ा हरामी है तू सालया... बताया नहीं...नसीमा...कितनी ईदें गईं।

कितने गुरपूरब गए...न न...न न...यारा ऐसे नहीं बिछड़ा करते रब दी ख़ैर है...ओ...

[बैकग्राउंड में मौसीक़ी उभरती है।]

रावी-3 : कुछ हैरानी के बाद दोनों दोस्तों ने पंजाबी में ऐसी

चुनी-चुनी गालियाँ दीं एक-दूसरे को, कि दोनों के सीने खुल गए और आँखें बहने लगीं। जब साँस में साँस आई तो कुलवंत ने पूछा।

मे. कुलवंत : फ़त्तू मासी कैसी हैं?

मुश्ताक़ की आवाज़ : अम्मी बहुत ज़ईफ़ हो गई हैं। एक मन्नत माँगी थी उन्होंने कि अजमेर शरीफ़ जाकर 'ख़्वाजा मोईनुद्दीन चिश्ती' के मज़ार पे अपने हाथों से चादर चढ़ाएँगी। दिन-रात मन्नत को तरसती हैं। और राबिया बच्चों को छोड़कर जा नहीं सकती। राबिया को तू नहीं जानता।

मे. कुलवंत : जानता हूँ! मजीद की बहन है राबिया, है ना?

मुश्ताक़ : कैसे मालूम?

मे. कुलवंत : मजीद मेरा जूनियर है भाई।

मुश्ताक़ : ओये...सालिया...हरामी...तू...तू...

मे. कुलवंत : कोई नईं...कोई नईं...सब्र कर...मेरे बेटे जैसा ही है। बड़ा अच्छा और पाबन्द सोलजर है। हमें बड़ा नाज़ है उस पर।

ओये मुश्ती...! एक काम कर फ़त्तू मासी को वीज़ा दिला के, वाघा तक पहुँचा दे। वहाँ से, संतोष मेरी बीवी, दिल्ली में है। वो आकर ले जाएगी। अजमेर शरीफ़ की ज़ियारत भी करा देगी और फिर 'बेजी' के पास छोड़ देगी सहारनपुर में। कुछ दिन दोनों सहेलियाँ साथ रह लेंगी। फिर जब ये सियासी झक्कड़ गुज़र जाएगा तो जाके छोड़ आएँगी।

[मेजर कुलवंत ने बात करते हुए विश्वा की तरफ़ देखा।]

मे. कुलवंत : कोई नईं...ये विश्वा नाम है इसका। जिसने लाइन मिलाई थी। कोई ख़बर हुई तो ये बतला देगा। भरोसे वाला आदमी है। चलता हूँ...रब राखा।

[मेजर कुलवंत वायरलेस का रिसीवर विश्वा को देते हैं। विश्वा स्टेज के बाएँ तरफ़ मुड़ के चला जाता है।]

रावी-3 : फिर एक रोज़—मुश्ताक़ का पैग़ाम आया, अम्मी को वीज़ा मिल गया है। कुलवंत ने संतोष के साथ बॉर्डर पर मिलने की तारीख़ तय कर दी। सब इंतज़ाम हो चुके थे, बस मुश्ताक़ को ख़बर करना बाक़ी था। उसी दिन डिफेन्स मिनिस्टर LOC पर आ धमके और दोनों तरफ़ से ताक़त के मुज़ाहरे शुरू हो गए।

[बैकग्राउंड में गोली चलने की आवाज़ सुनाई देती है। कुछ देर बाद विश्वा स्टेज के बाएँ तरफ़ से दाख़िल होता है।]

विश्वा : ये मिनिस्टर लोग कब वापस जाएँगे सर?...उनके आते ही उनकी तक़रीरें नौजवानों का ख़ून खौला देती हैं। और गोली-बारी बढ़ जाती है।

मे. कुलवंत : मैं तो ख़ुद बेचैन हो रहा हूँ...ये लोग जाएँ तो...

[मेजर कुलवंत कुछ कहते-कहते रुक जाते हैं।]

रावी-3 : मेजर कुलवंत जानता था कि ये झक्कड़ दो-एक रोज़ में गुज़र जाएगा। वायरलेस पर न भी राब्ता क़ायम हुआ तो क्या?—नीचे गाँव में जाकर किसी

को उस तरफ़ भेजने की ही तो बात है। मजीद को वसीला भी पता है। फिर भी फ़िक्र न गई।

विश्वा : कोई ख़ास बात सर!...

मे. कुलवंत : मुश्ताक़ का पैग़ाम मिला है। फ़त्तू मासी को वीज़ा मिल गया है। और मैंने संतोष को कहके, वाघा पर मिलने की तारीख़ भी पक्की कर दी है। सिर्फ़ मुश्ताक़ को ख़बर करनी है। और जब तक डिफ़ेंस मिनिस्टर और दूसरे सरकारी लोग यहाँ पर हैं, न वायरलेस से बात हो सकती है...न...

विश्वा : यूँही पहाड़ी पे खड़े हो के बोल दें। तब भी आवाज़ पहुँच जाएगी। फ़ासला ही कितना है। ये गोली-बारी तो अभी कुछ दिन चलेगी। पता नहीं सीरियस भी हो सकती है...दिल्ली में कुछ हुआ होगा।

मे. कुलवंत : संतोष का दिल्ली से ख़त आया था। कहती है, " 'बेजी' बहुत बेताब हैं। पूछती रहती हैं। 'फ़त्तू मासी कब आएँगी?' उन्हें भी वाघा पे साथ चलना है। कोई और मासी न फड़ के ले आऊँ।"

[बैकग्राउंड में गोली-बारी की आवाज़ें और तेज़ हो जाती हैं। कैप्टन मजीद बाएँ तरफ़ से दाख़िल होता है।]

कै. मजीद : सर...पाकिस्तान की तरफ़ से शैलिंग बहुत तेज़ हो गई है।

मे. कुलवंत : ओ खसमानों खाये पाकिस्तान, फ़त्तू मासी का क्या होगा?

[गोली-बारी की आवाज़ें बढ़ती चली जाती हैं। मेजर कुलवंत, कैप्टन मजीद और विश्वा बाएँ

तरफ़ विंग्स में चले जाते हैं। कुछ देर बाद गोली की आवाज़ बन्द होती है और रावी की आवाज़ उभरने लगती है। रौशनी का दायरा धीरे-धीरे रावी पर आकर रुक जाता है।]

रावी-3 : पहली सितम्बर के दिन, पाकिस्तानी फ़ौजों ने, 'चम्भ' पर हमला किया और एल.ओ.सी. (LOC) के अन्दर चली आईं।
28 अगस्त को हिन्दुस्तानी फ़ौजों ने 'हाजी पीर' अपने क़ब्ज़े में ले लिया। उसी दिन की ख़बर है,
28 अगस्त, 1965—
—सहारनपुर में फ़त्तू मासी घुंघनियाँ वाला गोश्त पका रही थी। बेजी ने काले चने उबाले थे। और एल.ओ.सी. (LOC)पर ग्यारह फ़ौजी हलाक हो गए, जिनमें एक मेजर कुलवंत सिंह था।

[कुछ देर के लिए स्टेज पर सन्नाटा छा जाता है। रौशनी धीरे-धीरे मद्धम पड़ने लगती है। फिर कुछ देर में उभरती रौशनी के साथ रावी की आवाज़ भी सुनाई देती है। जो नज़्म सुनाते हुए स्टेज के बीचोबीच आ जाता है।]

रावी-1 : सरहद पर ये सकता क्यों है?
इस बर्फ़ाब सी ख़ामोशी से डर लगता है!
बगुले जैसी ख़ामोशी मक्कार बहुत है
एक टाँग पर खड़े खड़े भी
एक आँख से ध्यान लगाए,
दूजी आँख खुली रखती है

जब भी कोई हलचल हो तो
सरहद की दोनों जानिब ही
काँटेदार आवाज़ों के कुछ केकट्स उगने लगते हैं!

सरहद के रेगिस्तानों में
साँस दबा कर चलती है ख़ामोश हवा
रेत, ज़मीं से गर्दन घिस कर उड़ती है
सरहद पर सकता तारी है
सरहद की इस बर्फ़ाब सी ख़ामोशी से अब डर लगता है!

[पहले रावी की नज़्म ख़त्म होने तक दूसरी रावी स्टेज के दाएँ तरफ़ से दाख़िल होती हैं... रौशनी पहले रावी से होते हुए दूसरे रावी पर चली जाती है। दूसरी रावी चलते हुए स्टेज के बीच आती और दूसरी नज़्म शुरू करती है।]

रावी-2 : चाँद लाहौर की गलियों से गुज़र के इक शब
जेल की ऊँची फ़सीलें चढ़ के
यूँ 'कमांडो' की तरह कूद गया था 'सेल' में,
कोई आहट न हुई
पहरेदारों को पता ही न चला

फ़ैज़ से मिलने गया था, ये सुना है
फ़ैज़ से कहने, कोई नज़्म कहो
वक़्त की नब्ज़ रुकी है
कुछ कहो
वक़्त की नब्ज़ चले!

[दूसरी रावी की नज़्म ख़त्म होते ही पहला रावी एक नज़्म पढ़ते हुए आगे आता है और रौशनी का दायरा दूसरे से उठकर पहले रावी पर जा पहुँचता है।]

रावी-1 : तुम्हें काला से कालोवाल तक लेकर उड़ा हूँ मैं
तुम्हें दरियाये झेलम पर अजब मंज़र दिखाए थे
जहाँ तरबूज़ पर लेटे हुए तैराक लड़के बहते रहते थे
जहाँ तगड़े से इक सरदार की पगड़ी पकड़ कर मैं
नहाता, डुबकियाँ लेता, मगर जब ग़ौता आ जाता
तो मेरी नींद खुल जाती

मगर ये सिर्फ़ ख़्वाबों ही में मुमकिन है
वहाँ जाने में अब दुश्वारियाँ हैं कुछ सियासत की
वतन अब भी वही है, पर नहीं है मुल्क अब मेरा
वहाँ जाना हो अब तो दो-दो सरकारों के दसियों दफ़्तरों से
शक्ल पर, लगवा के मुहरें, ख़्वाब साबित करने पड़ते हैं!

[पहले रावी की नज़्म ख़त्म होते-होते... स्टेज पर अँधेरा छा जाता है। कुछ देर बाद एक मौसीक़ी उभरती है साथ ही धीरे-धीरे रौशनी भी। रावी की आवाज़ भी सुनाई देती है। रावी चलता हुआ स्टेज के बीचोबीच आकर एक नई कहानी शुरू करता है।" कुलदीप नैयर और पीर साहब!"]

[और रौशनी का दायरा दूसरे से उठकर पहले

रावी पर जा पहुँचता है।]

रावी : जुमे का दिन था। सन् 1998, 14 अगस्त की शाम, मैं, कुलदीप नैयर साहब के साथ, वाघा बार्डर की तरफ़ सफ़र कर रहा था—कार में!
नैयर साहब कई सालों से ये करते आ रहे हैं। 14 अगस्त की शाम वाघा पर पहुँच जाते हैं। कुछ अदीबों, फ़नकारों, दानिशवरों के साथ और जब बार्डर पर तैनात फ़ौजी सिपाहियों की ड्यूटी बदलती है, और दोनों मुल्कों के झंडे उतारे जाते हैं, तो वो अपने दोस्तों के साथ 'हिन्द-पाक-दोस्ती' का नारा लगाते हैं।

[ड्रामा के अदाकार और अदाकाराएँ सफ़ेद लिबास में हाथ में मोमबत्तियाँ लिये स्टेज के दाएँ तरफ़ विंग्स में चले जाते हैं।]

रावी : और रात को बारह बजे जब तारीख़ बदलती है तो शमाएँ जलाकर आज़ादी का ख़ैरमुक़दम करते हैं।

[एक अदाकार स्टेज के बाएँ तरफ़ से, सफ़ेद कुर्ता-पाजामा, खादी की नेहरू जैकिट और आँखों पर चश्मा लगाए 'कुलदीप नैयर' के रूप में दाख़िल होता है।]

रावी : बड़ी सीधी, लम्बी सड़क थी, और शाम का झुटपुटा बढ़ रहा था।
नैयर साहब कह रहे थे।

नैयर साहब : ये सड़क अगर इसी तरह सीधी चलती रहे और

कोई गेट, कोई रुकावट न आए। न कोई वीज़ा पूछे, न पासपोर्ट देखे, और मैं पाकिस्तान घूम के आ जाऊँ, तो क्या लूट लूँगा उस मुल्क का? लूटने वालों की तो न इस मुल्क में कमी है, न उस मुल्क में। किसी को बाहर से आने की क्या ज़रूरत है?"

[फिर एक वक़्फ़े के बाद बोले :]

नैयर साहब : आख़िर वो भी तो वतन है मेरा? मेरा कितना बड़ा हिस्सा उस मुल्क में पड़ा है।"

[रावी को हैरत से देखते हैं।]

नैयर साहब : मेरा स्कूल है भई, मदरसा मेरा! मेरे मास्टर दीनानाथ और मौलवी इस्माइल। मेरा अलिफ़, बे, का क़ायदा, बस्ता सब वहीं तो रखा है। जड़ें वहाँ रखी हैं और शाख़ें काट के इधर ले आए—

[नैयर साहब स्टेज पर एक जगह बैठ जाते हैं।]

रावी : नैयर साहब की आवाज़ में रकत्त आ गई थी। उस रोज़ कई बार नैयर साहब ने 'सियालकोट' का ज़िक्र किया। जहाँ घर था उनका।

नैयर साहब : "चाचे, ताये, फुफड़ सबके घर पास-पास ही थे। हमारे घर के सामने एक बहुत बड़ा अहाता था। लेकिन खुला था। कहीं कोई दीवार खींची हुई नहीं थी। आगे जाके दूसरे घर शुरू हो जाते थे। ज़मीन इतनी थी कि छीना-झपटी की ज़रूरत नहीं थी। इस अहाते के एक तरफ़, बहुत घना पीपल का पेड़ था। जो हमारे घर के ज़्यादा क़रीब था। उसके नीचे एक क़ब्र थी। पता नहीं किसकी थी।

लेकिन माँ ने कह-कह के उसे, 'पीर साहब' की क़ब्र बना दिया।

[एक अदाकारा नैयर साहब की माँ के रूप में, पूजा की थाली लेकर स्टेज के दाएँ तरफ़ से दाख़िल होती है। साथ ही हलकी मौसीक़ी भी गूँजती है। एक पीपल के दरख़्त के नीचे क़ब्र जैसी जगह के आसपास झाड़ू लगाती है। फिर पूजा करती है। दरख़्त और क़ब्र दोनों को सिन्दूर लगाती है। कुछ देर वहीं बैठ जाती है।]

रावी : माँ पीपल पर पूजा का सिन्दूर लगाती और साथ ही उस क़ब्र पर एक दिया रख देती थी। सिन्दूर पीपल पर लगा के, उँगली क़ब्र की ईंट से पोंछ लेतीं। आरती करतीं, चिराग़ की आँच पीपल को देकर, दिया क़ब्र के टूटे हुए आले पर रख देतीं। भोग पीपल को लगता तो पीर साहब को भी लगता। घर पे किसी बात से रंजिश हो जाए तो माँ पीपल से पीठ लगा के बैठ जातीं और पीरजी से बातें करतीं। कभी रो भी लेतीं। फिर जी हलका हो जाता और वो उठ के घर आ जातीं।

[फिर वो अदाकारा वहाँ से उठकर स्टेज की दाईं तरफ़ विंग्स में चली जाती है।]

नैयर साहब : घर आते हुए माँ, पीर साहब को साथ ले आतीं। पीर साहब की मुक्ति न होने दी उन्होंने।

[दोनों हँस पड़े।]

नैयर साहब : इम्तहानों में याद है कि कहती थीं, पीर साहब को मत्था टेक के जाना।
इम्तहान हों, त्योहार हो, ख़ुशी हो, ग़म हो, कोई फाह, कोई रफड़...
हर बात में पीर साहब ज़रूर शामिल होते थे।

[दोनों फिर हँस पड़े।]

रावी : नैयर साहब कभी-कभी बड़े ठेठ लफ़्ज़ पंजाबी के इस्तेमाल करते हैं। वो कह रहे थे—

नैयर साहब : कुछ पूछना हो तब भी, पीर साहब से पूछा जाता था। हमें तो कभी कोई जवाब नहीं मिला। लेकिन माँ को ज़रूर इशारे मिल जाते थे। कभी-कभी तो वो कहती थीं, उन्हें ख़्वाब में आकर बता गए थे।

रावी : हम वाघा पर पहुँच गए—
दिन ग़ुरूब हो रहा था। बड़ी लम्बी-चौड़ी रसूमात के साथ, दोनों मुल्कों के झंडे उतार लिये गए। थोड़े से लोग उस तरफ़ थे, थोड़े से हमारी तरफ़ भी। फ़िल्म स्टार 'राज बब्बर' हमारे साथ शामिल हो गए। उस तरफ़ 'अस्मा जहाँगीर' आने वाली थीं। नहीं आ सकीं। हुकूमत ने उन पर पाबन्दी लगा दी थी।

रात को बारह बजे हम सबने मोमबत्तियाँ जलाईं। कुछ तस्वीरें लीं। 'हिन्द-पाक-दोस्ती' के नारे लगाए। कुछ सूखे, कुछ रुँधे से गले लेकर वापस आ गए।

अगले दिन हम दिल्ली लौट रहे थे। मैं उनके साथ वापस 'सियालकोट' जाना चाहता था। इसलिए मैंने फिर बात शुरू कर दी।

[रावी, नैयर साहब के पास वापस जाकर पूछते हैं।]

रावी : नैयर साहब! माँ ने ख़्वाब में देखा था, तो आपने कभी पूछा, माँ से कि पीर साहब कैसे लगते थे। उनकी शकल-व-सूरत क्या थी?

[नैयर साहब का मूड अब अलग था। वो मुस्कुराए और बोले।]

नैयर साहब : मैंने अपना करियर investigative जर्नलिज़्म से शुरू किया था। मेरा ये तफ़सील पूछना लाज़िमी था। और जैसा माँ ने बताया था, मैंने वैसा ही पाया उन्हें।

रावी : पाया उन्हें? मतलब?...आप मिले?...यानी...? मैं अपना सवाल ठीक से बना नहीं पाया। वो मुस्कुरा रहे थे। कहने लगे :

नैयर साहब : सन् 1975 की बात है, जब श्रीमती इन्दिरा गांधी ने हिन्दुस्तान में इमरजेंसी डिक्लेयर कर दी थी। पोलिटिकल, सियासी लीडरों के इलावा जिन intellectuals अदीबों, दानिशवरों को हिरासत में ले लिया गया था, उनमें मैं भी शामिल था—!

वो भी जुमे का दिन था। 24 जुलाई, 1975। मुझे तहार जेल में नज़रबन्द कर दिया गया, और कहा गया कि नज़रबन्दी बिलकुल आरज़ी है। चन्द

दिनों में आपको रिहा कर दिया जाएगा। मैंने पूछा ये हुक्म किसने दिया है तो बग़ैर नाम लिये मुझे जेलर ने इतना ही कहा :

('ये मैडम ने!—') चन्द दिन गुज़र गए। लेकिन जब रिहाई के कोई आसार नज़र न आए तो मैंने जेलर से कह के अपनी कुछ कॉपियाँ-किताबें मँगवा लीं। उस शरीफ़ आदमी ने एक टेबल और टेबल लैम्प का भी इन्तज़ाम कर दिया। आहिस्ता-आहिस्ता, जब मीयाद बढ़ने लगी और ग़ैर यक़ीनी महसूस होने लगी, तो एक रोज़ मन-ही-मन, मैंने उनसे पूछा—'मेरी रिहाई कब होगी...?'

रावी : मैं चुप रहा, तो नैयर साहब भी चुपचाप मेरी तरफ़ देखने लगे। हम अमृतसर के एयरपोर्ट के लाउंज में बैठे थे। अचानक बात मेरे अन्दर जज़्ब *(sink)* हुई, और मैंने पूछा।
"उनसे...! किन से?....किससे पूछा आपने?"

[वो शायद इसी सवाल का इन्तज़ार कर रहे थे। बोले :]

नैयर साहब : पीर साहब से!

रावी : ओह—!

नैयर साहब : और वो मेरे ख़्वाब में आए। सफ़ेद लम्बी दाढ़ी, और उसके पीछे सब्ज़ रंग का लिबास था। वही माँ ने बताया था। सर पे मुझे याद नहीं, कुछ पहना था, या नहीं...

रावी : तो क्या कहा—?

नैयर साहब : कहा कि आते जुमेरात तक तुम रिहा हो जाओगे।

रावी : और कुछ भी कहा?

नैयर साहब : हाँ!—कहा बहुत ठंड लगती है बेटा। अपनी चादर दे दे।

[ये कहके नैयर साहब हँस पड़े। रावी साहब मुस्कुरा दिए।]

रावी : तो आपकी रिहाई...मतलब...हुई जुमेरात के दिन?

नैयर साहब : "नहीं...जुमेरात के दिन मैं बहुत बेचैन रहा। पता नहीं क्यों मैं चाहता था कि वो सच हो जाए। मुझे जेल से कोई परेशानी नहीं थी। लेकिन पीर साहब के क़ौल के लिए परेशान रहा। मामूल की तरह रात देर तक काम करता रहा।

सुबह देर से उठा।

वो दिन भी जुमे का था। 11 सितम्बर, 1975 और जेलर ने आकर ख़बर दी कि आपकी रिहाई के ऑर्डर आ गए हैं। मैंने क़दरे हैरत से पूछा :

"कब आए?" तो उसने बताया कि—

"काग़ज़ात तो कल रात ही आ गए थे। लेकिन मैं जब ड्यूटी पर आया तो देर हो गई थी। आप टेबल पर काम कर रहे थे और आपका हुक्म था कि आपको डिस्टर्ब न किया जाए।"

मैंने बा-आवाज़ बुलंद दोहराया—"कल—यानी जुमेरात के दिन काग़ज़ात आ गए थे?"

ज़रा ठिठककर जेलर ने कहा : "जी!—आपको पहले से ख़बर थी क्या?..."

और मैंने बहुत ख़ुश होकर बताया उसे! "हाँ...मुझे ख़बर मिल चुकी थी।"

[धीरे-धीरे स्टेज पर संगीत उभरता है। रावी ने कहानी आगे बढ़ानी शुरू की।]

रावी : इसके बाद का एक और वाक़या भी है। नैयर साहब ने बताया कि माँ ने कहा था। 'बेटा, सियालकोट जाकर, उनकी क़ब्र पर, चादर ज़रूर चढ़ा देना। उन्हें सचमुच ठंड लगती होगी।' और माँ की आँखें भीगी हुई थीं।

[धीमा संगीत धीरे-धीरे चलता रहा।]

नैयर साहब : और माँ की आँखें भीगी हुई थीं। मैं फ़ौरन नहीं जा सका। उन दिनों सियालकोट का वीज़ा नहीं मिलता था। सन् 1980 में माँ गुज़र गईं तो पीर साहब की चादर पहुँचाना और भी ज़रूरी हो गया। और जब मैं—सियालकोट गया तो उस इलाक़े की शकल बदल चुकी थी। हमारे मकानों में कुछ और लोग आकर बस गए थे। सामने के अहाते में छोटी-छोटी दुकानें बन गई थीं। एक पूरी मार्किट की शकल बन चुकी थी। और वो क़ब्र मुझे कहीं नज़र नहीं आई। अन्दाज़े ही से मैंने वो जगह तलाश की, जहाँ कभी पीपल का पेड़ हुआ करता था। लेकिन अब न वो पेड़ था, न वो क़ब्र...! उस जगह पर, एक दुकानदार से मैं कई रोज़ मिलता रहा। वो यही कहता था, उसने वहाँ कोई क़ब्र नहीं देखी। मैं लौटने ही वाला था, जब एक रोज़ वही दुकानदार, मुझे मार्किट के बाहर मिल गया। उसने पूछा :

[स्टेज पर दाएँ तरफ़ से एक अदाकार लुंगी,

क़मीज़ पहने मुसलमान कारीगर के रूप में दाख़िल होता है।]

दुकानदार : किसकी क़ब्र थी वो? जिसकी तलाश कर रहे थे आप?

नैयर साहब : एक पीर साहब की थी, हमारी माँ को बहुत अक़ीदत थी उनसे।

नैयर साहब : जी थी तो सही, हमारी दुकान से लगी हुई थी। हम महाजिर थे। दुकान ही में रहने की जगह थी तब। जगह बहुत तंग थी। इसलिए हमने हटा दी और जीने भर के लिए, एक क़ब्र की जगह और खींच ली।

[धीरे से अदाकार वापिस लौट जाता है। एक उदासी सी माहौल पे छा जाती है एक मौसीक़ी धीरे-धीरे शुरू होती है। कुछ देर में मद्धम हो जाती है। कुलदीप नैयर साहब बोलना शुरू करते हैं।]

नैयर साहब : मैं वापस आ गया। और एक रोज़ निज़ामुद्दीन औलिया की दरगाह पर जाकर वो चादर चढ़ा दी, जो अपने साथ सियालकोट लेकर गया था।

रावी : वो फिर कभी नहीं आए ख़्वाब में?

नैयर साहब : नहीं! कई बार मुश्किल की घड़ी में जी चाहा वो फिर ख़्वाब में आएँ।
मैं कुछ पूछूँ। वो कुछ बताएँ। लेकिन वो नहीं आए। लगता है पीर साहब माँ के साथ ही चले गए। मुक्ति पा गए।

[कुलदीप नैयर साहब और रावी दोनों स्टेज पर पेड़ के क़रीब बनी क़ब्र के साथ खड़े हो जाते

हैं। एक मौसीक़ी उदास-सी घूमने लगती है।
और रावी-1 एक नज़्म शुरू करता है।]

रावी-1 : किताबों से कभी गुज़रो, तो यूँ किरदार मिलते हैं
गए वक़्तों की ड्योढ़ी में, खड़े कुछ यार मिलते हैं

जिसे हम दिल का वीराना समझकर छोड़ आए थे
वहाँ उजड़े हुए शहरों के कुछ आसार मिलते हैं

नज़र में अब भी इक मिटती हुई तहरीर बाक़ी है
ख़तों में चन्द मुरझाये हुए इक़रार मिलते हैं

मुसाफ़िर मौसमों के घूम के फिर लौट आते हैं
जिन्हें हर बार छोड़ा है, वही हर बार मिलते हैं

[रावी-1 की नज़्म होते ही, विंग से दूसरी रावी
दूसरी नज़्म पढ़ते हुए दाख़िल होती है।]

रावी-2 : दर्द कुछ देर ही रहता है, बहुत देर नहीं
जिस तरह शाख़ से तोड़े हुए इक पत्ते का रंग
मांद पड़ जाता है कुछ रोज़ अलग शाख़ से रह कर
शाख़ से टूट के ये दर्द जीयेगा कब तक?

ख़त्म हो जाएगी जब इसकी रसद,
टिमटिमाएगा ज़रा देर को बुझते-बुझते
और फिर लम्बी सी इक साँस धुएँ की लेकर
ख़त्म हो जाएगा, ये दर्द भी बुझ जाएगा
दर्द कुछ देर ही रहता है, बहुत देर नहीं!

[रावी-2 की नज़्म होते ही, विंग से तीसरी रावी तीसरी नज़्म पढ़ते हुए दाख़िल होती है।]

रावी-3 : ये बेमानी घास जो पैरों में पिसती है, रौंदी जाती है
ये बेमानी, बेहिस, ढीठ है,
हर कूड़े-करकट से फूटने लगती है...
पतली एक दरार ज़रा सी,
चट्टानों में मिल जाए तो, उगने लगती है
इस बेमानी घास में ज़िन्दा रहने की
इक ला-मतनाही ताक़त है

काट के ढेर बना के आग लगाई है
मलबे के नीचे इसको दफ़नाया है!
मारो, कूटो, क़तल करो, या फूँक दो इनको
लोगों में ज़िन्दा रहने की ला-मतनाही ताक़त होती है!!

[रावी-3 की नज़्म होते-होते, स्टेज पर अँधेरा छाने लगता है। फिर कुछ देर बाद रौशनी का दायरा तैरने लगता है। और स्टेज के बाएँ तरफ़ दो शख़्स, बी.एस.एफ़. के सिपाहियों के लिबास में बैठे नज़र आए। उनमें एक बुझारत सिंह वायरलेस पर कोई बात कर रहा है। और दो नौजवान स्टेज के दाएँ तरफ़ से दाख़िल होते हैं। एक फ़िल्म के प्रोडक्शन मैनेजर हैं, और एक उनके असिस्टेंट हैं। और अगली कहानी शुरू करते हैं। प्रोडक्शन मैनेजर किरदार भी है और कहानी का रावी भी। बुझारत सिंह बात करते हुए कहता है।]

बुझारत सिंह : ओवर!

प्रो. मैनेजर : बुझारत सिंह को वायरलेस पर बात करते-करते, ऐसी आदत हो गई है कि कोई बात हो, ख़त्म करते ही, 'ओवर' बोल देता था। हम उसके पास खड़े थे, बोला :

बुझारत सिंह : आप जी, उधर से चारपाई खींच के बैठ जाओ ना! ओवर!

[दोनों चारपाई की तरफ़ आ जाते हैं।]

असिस्टेंट : बुझारत सिंह भी क्या नाम हुआ?

प्रो. मैनेजर : अब है तो है!

[बुझारत सिंह वायरलेस पर बात करता रहा।]

बुझारत सिंह : चार हट्टे-कट्टे आदमी बिठाल के उसकी पीठ पे, और भगा ले ससुरे को। अपने आप ठीक हो जाएगा—ओवर!

[फिर उधर से कुछ जवाब आ रहा था...इस बीच में उसने बीड़ी जला ली। सुनकर फ़ौरन बोला :]

बुझारत सिंह : टाँगों में रस्सी बाँध के डंडे से दौड़ा लीजियो! कम-से-कम एक कोस दौड़ाओ—ओवर!

[फिर वक़्फ़ा सुनने का...फिर बोला :]

बुझारत सिंह : अरे भुख्खा रखने से कुछ न होगा। मर जाएगा, बेफ़ज़ूल में। तू भी तो बेवक़ूफ़ी की बात करे है। ओवर!

प्रो. मैनेजर : वो दूसरे किसी कैम्प में, किसी पगलाए हुए ऊँट

को क़ाबू करने की तरक़ीब बता रहा था। मैं और गोपी लालटेन की दूसरी तरफ़ सब्र करके बैठ गए। ये जगह 'पोचीना' से कोई चालीस किलोमीटर दूर है। हम लोग पोचीना पहुँचे हैं, एक फ़िल्म शूटिंग के लिए। हिन्दुस्तान, पाकिस्तान के बॉर्डर पर। रेगिस्तान में बस छोटी सी एक चौकी है। बहुत ही ख़ूबसूरत गाँव है। देखें तो किसी बच्चे की 'ड्राइंग बुक' में 'कर्युन' से बनाए हुए घर लगते हैं। चौकी भी कच्चे से मकान की शकल है, अन्दर ईंटें हैं। ऊपर मिट्टी से लिपा हुआ है। दो कमरे हैं, बैरक जैसे, एक दीवार में चौकोर खाँचा कटा हुआ है। जिसमें बन्दूक़ टिका के, एक फ़ौजी, पूरी वर्दी पहन के खड़ा रहता है। ख़्वाहमख़्वाह सा! बाक़ी सब गमछे-बनियानों में इधर-उधर घूमते रहते हैं धूप में, या आपस में सरसों के तेल की मालिश करते हैं औ...डंड पेलते हैं। हमारी हीरोइन के पहुँचने से बेचारों को कपड़े पहनने पड़ गए। कंघी, पट्टी करनी पड़ गई।

हमारे डायरेक्टर साहब ने बड़ी खोज कर ये लोकेशन निकाली थी। कहीं भी खड़े हो जाएँ, किसी तरफ़ देख लें, दूर-दूर तक लहराता हुआ रेगिस्तान नज़र आता है। और हवा बार-बार सहलाकर, उसकी सलवटें साफ़ करती रहती है। इस चौकी से कोई दो फ़र्लांग दूर, एक सीमेंट का पत्थर लगा हुआ है, जिसके एक तरफ़ भारत लिखा है, दूसरी तरफ़ पाकिस्तान। ऐसे पत्थर, दो-दो फ़र्लांग के फ़ासले पर लगा दिए गए हैं। बीच में ख़ाली बंजर ज़मीन है, रेत है, मिट्टी है और कुछ नुची-खुची सब्ज़

झाड़ियाँ, जिन्हें भेड़ें या ऊँट नोचते रहते हैं।
वो आज़ादी से दोनों तरफ़ घूमते रहते हैं। उन्हें देखकर मज़हब या मुल्क का कुछ पता नहीं चलता। यूँ तो उनके मालिकों को देखकर भी पता नहीं चलता। लेकिन उनसे पूछताछ की जा सकती है। इनसे वो भी नहीं...!
हमें तीन दिन की परमीशन मिली थी, और ख़ेमे लगाने की इजाज़त थी।
एक उलझन थी। लड़के तो ज़रूरी हाजत के लिए इधर-उधर टीलों की आड़ में चले जाते थे। लड़कियाँ परेशान थीं। एक कच्ची-पक्की जगह तो थी। लेकिन उस पर कोई दरवाज़ा या परदा नहीं था।

बुझारत सिंह : अजी यहाँ तो रेगिस्तान ही में जाके जंगल कर आते हैं। रेत सभी काम आ जाती है। इतना पानी यहाँ कहाँ मिलेगा? ओवर!

प्रो. मैनेजर : तो नहाने और खाने-पीने को कहाँ से आता है पानी?

बुझारत सिंह : पाइप लाइन तो है साहब जी, लेकिन कंट्रोल तो 'जैसलमेर' में है।
यहाँ आते-आते पूरा नहीं पड़ता। इसलिए पानी के टैंकर मँगाने पड़ते हैं। ठेकेदारों का धन्धा-पानी भी चलता रहता है। ओवर!

[प्रोडक्शन मैनेजर, रावी की तरह कहानी आगे बढ़ाता है और मंज़र चौकी पर बदल जाता है।]

प्रो. मैनेजर : एक ख़ेमा हमने लड़कियों की सहूलियत के लिए वक़्फ़ कर दिया। पानी बोतलों में मिल जाता था,

'बिसलरी' का स्टॉक हमारे पास काफ़ी था।

[इस बीच फ़िल्म की हीरोइन और अदाकार साथ में दाख़िल होते हैं।]

प्रो. मैनेजर : आइए जी...मैडम आइए, ये देखिए...

: ये हमारी हीरोइन, जिन्हें हम डिम्पी जी बुलाते थे, गोलियाँ तो कई बार चलाई थीं, फ़िल्मों में। लेकिन असल बन्दूक़ से, असली गोली कभी नहीं चलाई थी। उन्होंने दीवार के खाँचे में जड़े सिपाही से पूछा :

डिम्पी जी : असली बन्दूक़ है?

सिपाही : जी!

डिम्पी जी : इसमें गोली है?

सिपाही : जी!

डिम्पी जी : असली है?

सिपाही : जी!

डिम्पी जी : मैं ऊपर आकर देख सकती हूँ?

[सिपाही नीचे उतर आया। डिम्पी जी दीवार से लगे खोखे पर पाँव रखके ऊपर चढ़ गई।]

प्रो. मैनेजर : सामने ख़ाली रेगिस्तान था। ज़मीन पर बिछा एक निहायत ख़ूबसूरत बेड कवर! दूर दाएँ तरफ़, दो सब्ज़ पेड़ थे, खजेरी के और उसी के पास बैठे हुए चार-छह घर।

डिम्पी जी : बाहर तो बहुत ख़ूबसूरत रेगिस्तान है। ख़ूबसूरत बेड कवर की तरह बिछा हुआ है।

[सब एक-दूसरे की तरफ़ देखकर हैरान रह

गए। डिम्पी जी के पीछे-पीछे दो-तीन सिपाही और अफ़सर भी दाख़िल हो गए थे।]

सिपाही 1 : ऐसा डायलॉग तो फ़िल्म वाले ही बोल सकते हैं।

डिम्पी जी : वहाँ कौन रहता है—उधर...?

[इशारे से डिम्पी जी ने पूछा।]

सी. आफ़िसर : जी—गडरियों के घर हैं।

डिम्पी जी : गाँव है?

सी. आफ़िसर : गाँव ही समझ लो।

डिम्पी जी : नाम क्या है?

[सिपाही ने कुछ झेंपकर इधर-उधर देखा। सब मुस्कुरा रहे थे।]

सी. आफ़िसर : जी—नाम तो कोई नहीं। सब 'पूचीना' की 'पूँछ' कहते हैं।

[खरखराती सी हँसी, किसी खरे की लकीर की तरह गुज़र गई। डिम्पी जी ने पूछा।]

डिम्पी जी : मैं बन्दूक़ चला सकती हूँ?

[सीनियर आफ़िसर झिझक के बोला।]

सी. आफ़िसर : हाँ जी—चला लो—चला लो—।

डिम्पी जी : और उधर के बॉर्डर से किसी ने चला दी तो...?

सी. आफ़िसर : ओ—कोई नहीं जी...एक गोली तो हम लोग सलाम-दुआ करने के लिए चलाते हैं।

डिम्पी जी : अच्छा!...और दो गोली चलाएँ तो?

सी. आफ़िसर : सिगनल है जी...उधर से किसी को आना है तो

आने दो। इधर से किसी को भेजना हो तो, हम दो गोली चलाते हैं।

[डिम्पी जी ने उधर की चौकी को एक सलाम दाग़ दिया। गोपी अडवानी, प्रोडक्शन मैनेजर के क़रीब खड़ा था। काँप गया। उसके होंठ फड़फड़ाए—और आँखें भीग गईं। प्रोडक्शन मैनेजर ने गोपी से पूछा।]

प्रो. मैनेजर : क्या हुआ?

गोपी : कुछ नहीं उस तरफ़ सिंध है। मेरा गाँव!

[गोपी विंग से बाहर चला जाता है। प्रोडक्शन मैनेजर ने आगे की कहानी जारी रखी। डिम्पी जी के साथ कुछ लोग भी निकल गए। चौकी का सिपाही वापिस अपनी जगह पर चढ़ गया।]

प्रो. मैनेजर : गोपी को यूनिट में बहुत से लोग गोपी बेबी कहके छेड़ते हैं। बहुत जज़्बाती आदमी है। माँ की बात करे तो आँखें भर आती हैं। सिंध से है। तक़सीम के बाद भी तीन-चार साल वहीं स्कूल में पढ़ा था। मगर हिन्दुस्तानी महाजिरों के पहुँचने के बाद हालात और ख़राब होते गए। और उन्हें भागना पड़ा। आज अचानक सिंध को इतना क़रीब देखकर उसका जी भर आया। उस दिन वो फिर नज़र नहीं आया। रात को ख़ेमे में भी नहीं था। डायरेक्टर ने एक बार पूछा भी तो मैं गोल कर गया।

"तबीयत ठीक नहीं थी, मैंने ख़ेमे में आराम करने के लिए कह दिया है।"

लेकिन मुझे वाक़ई फ़िक्र लग गई थी। कहीं उस

पार ही तो नहीं चला गया? अगली सुबह भी कहीं नहीं था, उसके बाद अगले दिन दोपहर बाद मिला मुझे।

[स्टेज के दाएँ तरफ़ की विंग से गोपी दाख़िल होता है।]

प्रो. मैनेजर : अरे यार कहाँ चले गए थे...? ढूँढ़ते-ढूँढ़ते परेशान हो गए थे।

गोपी : कहीं नहीं...सिंध की तरफ़ चल दिया था। लेकिन कुछ दूर जाकर...रेगिस्तान में भटक गया था।

[गोपी बैठ गया, पास ही प्रोडक्शन मैनेजर भी बैठ गया।]

गोपी : रेगिस्तान हर तरफ़ एक ही सा नज़र आता है। एक 'टीला' चढ़ो तो आगे फिर वही लगता है, जो पीछे छोड़ के आए हैं। एक ही तरीक़ा था मैं अपने पैरों के निशान देख-देख कर वापस आ जाऊँ। मुड़ के देखा तो वो भी मिट गए थे। मैं सचमुच डर गया था। ख़ैर हो सलमान की अल्लाह ने भेज दिया उसे।

प्रो. मैनेजर : वो कौन है?—

गोपी : बताता हूँ। जब रेगिस्तान गर्म होने लगा तो सच में ऐसा लगा, रेगिस्तान मुझ पर नाराज़ हो रहा है। क्यूँ मेरा बिछौना ख़राब करता है। उठा अपने पैर और भाग यहाँ से।

इतना बड़ा है वो, और मैं ज़रा सा। मैंने क़मीज़ निकालकर सर पे बाँध ली। कुछ देर बाद, दूर से गाने की आवाज़ आई। बहुत दूर से, कोई मांड गा

रहा था। 'पधारो म्हारे देश!' मुझे कोई नज़र नहीं आया। मैंने क़मीज़ खोल के लहरानी शुरू कर दी। उसने पता नहीं कहाँ से देखा मुझे, क्यों के जब नज़र आया तो उसी टीले पर, जिसके नीचे में खड़ा था। वो ऊँट पर था, बोला :

"कोथा पियु इंचें साईं?"

क्या बताऊँ, उस हाल में उसके मुँह से सिंधी सुन के लगा जैसे माँ ने गोद में उठा लिया।

उसने पूछा, "कहाँ से आ रहे हो?" 'पोचीना' मैंने बताया। ऊँट पर बिठा लिया उसने और दौड़ा लिया।

प्रो. मैनेजर : कहाँ गए...? सिंध...?

गोपी : नहीं, 'मियाँ जलाढ़' नाम का गाँव है। पोचीना के पीछे।

वहीं घर था सलमान का।

प्रो. मैनेजर : तो वो था कहाँ का? इधर का या उधर का?

गोपी : वो उधर से भागा हुआ एक ख़ूनी है। उस तरफ़ अपने किसी रक़ीब का ख़ून करके भाग आया था। और मियाँ जलाढ़ में आके पनाह ली थी, और फिर जिस औरत ने पनाह दी थी उसे, तीन साल बाद उसी से शादी कर ली। अब दो बच्चे हैं उससे। बड़े हो रहे हैं।

प्रो. मैनेजर : फिर वापस नहीं गया?

गोपी : जाता है महबूबा से मिलने। उसी लड़की से। अब वो भी शादीशुदा है। उसके भी दो बच्चे हैं।

मैंने बताया कि मैं वहीं का हूँ तो फ़ौरन बोला! चलो अभी ले चलता हूँ।

तुम्हारा गाँव दिखा के ले आऊँगा। एक बार तो मनचाहा चला जाऊँ।

मैंने कहा, अभी? रात में? वो बोला :
"अरे साईं, माँ भले ही रास्ता भुलजी वंजान, पर मेहंजी उंटनी नहीं भूलेगी। सीधी उसी के दरवाज़े पर जाके खड़ी हो जाएगी।"
"किसके?" मैंने पूछा तो जवाब उसकी औरत ने दिया।
"एक रांड उधर भी तो है। इसकी। बॉर्डर पार।"
मैंने पूछा, "और तुम्हें बुरा नहीं लगता?"
"मैं तो बोल चुकी हूँ, उसको भी ले आ। हम दोनों साथ-साथ रह लेंगी।"

[प्रोडक्शन मैनेजर फिर खड़ा हो गया। गोपी पीछे बैठा कुछ करता रहा।]

प्रो. मैनेजर : क्या कमाल के बॉर्डर हैं हमारे। अख़बारों में पढ़ते हैं तो यही लगता है जैसे कोई आग की लकीर खींची हुई है। ख़ून की धार बह रही है।

अगली शाम की बात है, हमारे हीरो, बिन्नेजी ने मुझसे कहा था।
"यार रम नहीं चलती। किसी तरह व्हिस्की का इंतज़ाम कर। चाहे इंडियन ही मिल जाए।"
पोचीना के नीचे एक गाँव में सुना था कि वहाँ इंडियन व्हिस्की पाकिस्तान के लिए स्मगल होती है। और बदले में उस तरफ़ से चाँदी आती है। दोनों तरफ़ की पुलिस चौकी की माहवारी बैठकें होतीं हैं। दोनों तरफ़ के प्रबंधक मिलते हैं। कितनी भेड़ें इधर आईं, और कितने ऊँट उधर पकड़े गए। उनका

हिसाब होता है। और उनकी आपसी, वापसी का इंतज़ाम भी किया जाता है। आपस में कभी-कभी शाम की दावत और दारू-शारू भी हो जाती है। उसी से पता चला बुझारत सिंह के अड्डे का, जो बिलकुल बॉर्डर पर है। चलते-चलते मैंने गोपी को साथ ले लिया।

प्रो. मैनेजर : चल गोपी—

[दोनों निकल जाते हैं। मौसीक़ी और लाइट मद्धम होते-होते, अँधेरा और फिर वापस आ जाती है।]

[मंज़र फिर बुझारत सिंह के वायरलेस वाली चौकी पर चला गया।]

[प्रोडक्शन मैनेजर और गोपी दोनों बुझारत सिंह की चिट्ठी में आई कविता सुन रहे थे।]

बुझारत सिंह : "मुहाफ़िज़ हूँ मैं अपनी सरहदों का..."
मेरी जोरू का भाई उर्दू पढ़ा-लिखा है। छुट्टी पर गया है...
उसी ने लिखी है ये कविता। मेरी जोरू से लिखवा के भेज दी। सुन लो आप भी!
"मुहाफ़िज़ हूँ मैं अपनी सरहदों का..."
साहब जी...आप लोग हाँ...हूँ...करते रहें...

दोनों : हाँ...हूँ...!

बुझारत सिंह : कोई मेरी ज़मीं पर पाँव रखे तो
मैं उसको भून देता हूँ
मैं अपनी सरज़मीं का पासबाँ हूँ!
साहब जी...पासबाँ का मतलब क्या होता है...?

प्रो. मैनेजर : रक्षक!

बुझारत सिंह : अब जाके समझ में आई है पूरी कविता।

[दोनों फिर हँस पड़े।]

बुझारत सिंह : अगर दुश्मन कोई गोली चलाए तो
मेरे सीने से गुज़रेगी तो पार होगी वो सरहद से
मैं उस गोली को अपने देश की मिट्टी पे गिरने भी
नहीं दूँगा!

मेरी सरकार मुझको...इसलिए...
टैक्स सारे कट-कटा के
दो हज़ार और तीन सौ पैंतीस रुपये हर माह
देती है।

मेरी अपनी ज़मीं भी है
जो साहूकार के यहाँ गिरवी रखी है
मुझे जाकर वो भी छुड़ानी है!
ओवर!...

दोनों : वाह...वाह...!

बुझारत सिंह : अजी, मूर्ख है, बावली हो गई है। कुछ भी उठा के लिख देवे है। अब हम हिन्दुस्तान की रक्षा करें कि उसकी दो कनाल ज़मीन के लिए लड़ें, जो ठाकुर ने दबा ली है। यहाँ तो देखो न जी, सारे बॉर्डर खुले पड़े हैं। दुश्मन किसी वखत भी घुस के आ सकता है। सरकार ने परमाणु बम बना लिये। हमारे लिए क्या किया? माचिस भी एक रुपये की हो गई।

[उसकी बीड़ी बुझ गई थी। नंगी चारपाई के बान ही में से एक तिनका छीला उसने और लालटेन के ऊपरी सूराख़ से जला के बीड़ी ताज़ा की। दो-एक कश लगाए कि बीड़ी फिर बुझ गई। उसी वक़्त गोपी ने लाइटर से सिगरेट जलाया तो हँस के बोला :]

बुझारत सिंह : अपने भी एक लाइटर होता तो ज़िन्दगी में क्या मज़ा होता। अब परमाणु बम से बीड़ी तो नहीं सुलगा सकते ना। ओवर...!

[बुझारत सिंह हँस पड़ता है और साथ ही दोनों भी हँस पड़ते हैं। स्टेज पर धीरे-धीरे रौशनी कम होने लगती है। और अँधेरा छा जाता है। कुछ वक़्त बाद रौशनी आती है। रावी-1, एक नज़्म पढ़ते हुए दाख़िल होते हैं।]

रावी-1 : लकीरें हाथ में थीं तो मुक़द्दर थीं
इन्हें हम बन्द रखते थे
ज़मीनों पर बिछीं तो फिर समन्दर, मुल्क, घर,
आँगन सभी को काटती गुज़रीं!

लकीरें ज़िन्दा रहती हैं
लकीरें साँस लेती हैं
लकीरों पर पड़े पाँव, तो पाँव काट देती हैं
लकीरें रेंगती हैं
कभी दिल बाँटती हैं
कभी दल बाँटती हैं
लकीरें रेंगती हैं जब तो साँपों की तरह

ये केंचुली अपनी बदलती हैं।

[उसी वक़्त स्टेज पर सारे अदाकार नज़्म की अगली लाइन बोलते हुए स्टेज पर दाएँ-बाएँ से दाख़िल होते हैं।]

कोरस : इन्हें रोको, इन्हें चलने से रोको
वगर न,—इन लकीरों से,
किसी दिन आसमां भी कट के टुकड़ों में
ज़मीं पर आ रहे गा!

[धीरे-धीरे नज़्म के इख़्तेताम पर रौशनी भी मद्धम होते-होते अँधेरा छा जाता है।]

अठन्नियाँ

शुरुआत

[स्टेज पर धीरे-धीरे मौसीक़ी उभरती है... साथ ही स्टेज की रौशनी दाएँ से बाएँ तरफ़ घूमती हुई। इस बीच एक आवाज़ उभरती है—]

आवाज़ : तलाश है एक गुमशुदा की
अधेड़ सी उम्र ही का होगा
उड़ा उड़ा रंग ज़र्दी मायेल
उदास आँखें हैं, ख़ुश्क रहती हैं बेशतर वो
बहुत से तिल हैं बदन पे जैसे सिलायों से सिला गया हो
भवें कई बार आग में जल चुकी हैं उसकी
उठाए रखता था आतिशी ख़्वाब अपनी पलकों पे वो हमेशा
मेरा पड़ोसी था, हमसफ़र था...

[एक अकेला अदाकार, स्पॉट लाइट के साथ-साथ दाख़िल होकर नज़्म आगे पढ़ने लगता है।]

अदाकार : वो आधे रस्ते तलक मेरे साथ-साथ ही था
फिर उसका क़द धीरे-धीरे कम होने लग गया था
वो दूर तक जो उफ़क़ आते थे, वो धुँधलाने लग गए थे

नज़र से उम्मीद की चमक भी उतर रही थी
दिलासे देकर—
कभी-कभी उसको कंधों पर ले के भी चला, पर
वो अपने पैरों पे चलने की ज़िद न छोड़ता था

कलाई मेरी गिरफ़्त से छुट गई है उसकी
वो शहर के इस हुजूम में गुम हो गया है
तलाश है आम आदमी की
तलाश है मुझको गुमशुदा, आम आदमी की!!

[स्टेज पर दाएँ और बाएँ तरफ़ के विंग से कुछ अदाकार दाख़िल होना शुरू होते हैं। जो ड्रामे के किरदार भी हैं। साथ ही स्टेज की रौशनी दाएँ से बाएँ घूमती हुई। फिर कोरस में एक नज़्म पढ़ते हैं।]

[गाकर!]

कोरस : बड़ी लम्बी सी मछली की तरह लेटी हुई पानी में ये नगरी
कि सर पानी में और पाँव ज़मीं पर हैं
समन्दर छोड़ती है, न समन्दर में उतरती है
ये नगरी बम्बई की...मुम्बई!
जराबें लम्बे-लम्बे साहिलों की, पिंडलियों तक खींच रक्खी हैं
समन्दर खेलता रहता है पैरों से लिपट कर
हमेशा छींकता है, शाम होती है तो 'टाइड' में
यहीं देखा है साहिल पर
समन्दर, ओक में भरके

‘जोशान्दे’ की तरह हर रोज़ पी जाता है सूरज को
बड़ा तन्दुरुस्त रहता है
कभी दुबला नहीं होता
कभी लगता है ये कोई तिलिस्मी सा जज़ीरा है
जज़ीरा बम्बई का...मुम्बई!

किसी गिरगिट की चमड़ी से बना है आसमां इसका
जो वादों की तरह रंगत बदलता है
‘कसीनो’ में रखे ‘रोले’ (Roulette) की सूरत चलता रहता है!
कभी इस शहर की गर्दिश नहीं रुकती
इसे ‘बियेरिंग’ लगे हैं
किसी ‘एक्सेल’ पे रक्खा है!

तिलिस्मी शहर के मंज़र अजब हैं
अकेले रात को निकलो, सिया साटिन की सड़कों पर
तिलिस्मी चेहरे ऊपर जगमगाते ‘होर्डिंग’ पर झूलते हैं
सितारे झाँकते हैं, नीचे सड़कों पर
वहाँ चढ़ने के ज़ीने ढूँढ़ने पड़ते हैं
पातालों में गुम होकर
यहाँ जीना भी जादू है—
यहाँ पर ख़्वाब भी टाँगों पे चलते हैं
उमंगें फूटती हैं,
जिस तरह पानी में रक्खे मूँग के दाने
चटख़ते हैं तो जीबें उगने लगती हैं
यहाँ दिल ख़र्च हो जाते हैं अक्सर—कुछ नहीं बचता

सभी चाटे हुए पत्तल हवा में उड़ते रहते हैं

समन्दर रात को जब आँख बन्द करता है, ये नगरी
पहनकर सारे ज़ेवर आसमां पर अक्स अपना देखा
करती है

कभी 'सिंदबाद' भी आया तो होगा इस जज़ीरे पर,
ये आधी पानी और आधी ज़मीं पर, ज़िन्दा मछली
देखकर, हैरां हुआ होगा!
मुम्बई!!

[नज़्म ख़त्म होते-होते सारे अदाकार स्टेज से बाहर विंग में चले गए। एक अदाकार वहीं खड़ा दूसरी नज़्म शुरू करता है।]

[कोरस दोबारा दाख़िल होता है!]

किरदार 1 : इश्तेहारों का शहर है शायद
इसमें सिर्फ़ इश्तेहार रहते हैं!
आसमां में टँगे गुबारों पर
साहिलों पर भी, टीलों पे, पानी में
जगमगाती दराज़ सड़कों पर,
खम्भों पर और बस के अड्डों पर
बस की टिकटों पे, और कारों में
हर जगह इश्तेहार चिपके हैं!

जींस पर, और क़मीज़ों पर,
सीने पर और पुश्त के ऊपर
प्लेटों, प्यालों पे और गिलासों पर

आँख पर, होंठों और गालों पर
सब जगह इश्तेहार चिपके हैं

देखो उस आदमी ने मुँह खोला,
जीभ नंगी है, गोंद से आओ,
उस पे भी इश्तेहार चिपका दें!

[कोरस आख़िरी दो लाइनें दोहराकर वापस विंग में चला जाता है।]

[नज़्म ख़त्म होते-होते एक और अदाकार दाख़िल होता है। तीसरी नज़्म पढ़ते हुए।]

किरदार 2 : भिखारी लौट कर मेरी तरफ़ ही आ रहा था
मेरे पीछे की तीनों गाड़ियों से
उसे कुछ न मिला था
जो पहली बार दस्तक दी थी शीशे पर
तो हाथों पर बँधी पट्टी दिखाकर मुँह बनाया था
मैं यूँ हीं रेडियो को 'ट्यून' करने लग गया था
दोबारा लौटकर आया,
दिखाकर पेट 'भूखा हूँ' की एक्टिंग कर रहा था
मैं फिर 'मसरूफ़ हूँ' चेहरे पर लिखकर
कुछ और करने लग गया था

मेरे पीछे की तीनों गाड़ियों से अब
उसे कुछ न मिला था
वो वापस आ रहा था
मेरी खिड़की के बाहर, दो क़दम हट कर
निकाली बीड़ी, सुलगाई

मुझे कुछ इस तरह देखा
"कि तुमसे क्या मिलेगा अब? चलो छोड़ो!"

उठा के रेज़गारी, मैंने शीशा खोला था कुछ दूँ,
मेरी 'ईगो' को मेरी उँगलियों में छोड़कर वो
वहाँ से बढ़ गया आगे
वो मुझसे अच्छा एक्टर था!

[दूसरे किरदार के जाते-जाते ही तीसरा किरदार दाख़िल होता है। और उसे समझाते हुए विंग में भेज देता है।]

किरदार 3 : यहाँ से ज़रा आगे चलकर
फटी सी दरी पर
पुराना सा
इक आदमी सा मिलेगा
अधूरा सा चेहरा है
औंधा पड़ा, एक कासा सँभाले
भिखारी है पर माँगता कुछ नहीं है

[किरदार नं. 2, उस मुक़ाम पर विंग में जाता है।]

वहाँ से अगर दाएँ मुड़ जाओगे तो
दुकानों की लम्बी क़तारें मिलेंगी
मुहाजिर हैं सारे—!
वो लकड़ी के खोखे, दुकानें हैं उनकी
दुकानों के पीछे ही इंचों में खींचे हुए उनके घर हैं
ये बाहर से आए थे, मस्जिद में ही आके बसने लगे थे

वहाँ से निकाले गए हैं
कि घर है ख़ुदा का
ख़ुदा के यहाँ इतनी जगह ही कहाँ है
वरना तो सारे जहाँ को पनाह देनी पड़ जाए उसको!

[किरदार नं. 2 फिर विंग से दाख़िल होता है। कमर पर बैग लटकाए। किरदार नं. 3 जारी रहता है। समझाते हुए।]

किरदार 3 : तो हाँ!
वो पता मैं बताने लगा था
उसी रास्ते पर, दुकानों से आगे,
वो मस्जिद मिलेगी
वो 'इब्ने सनाउल्लाह सैयद वली ख़ाँ' की मस्जिद
वहाँ से ज़रा बाएँ मुड़ते ही नौ-दस क़दम पर
बड़ा ढेर इक कूड़े-करकट का तुमको नज़र आएगा
वो मुड़ने से पहले ही तुम सूँघ लोगे
वो घटता तो है, और हर रोज़ बढ़ता भी है
वो अब उस इलाक़े में
पहचान का इक निशां बन गया है

[किरदार नं. 2 फिर से विंग में चला जाता है।]

मगर उस जगह तुमको रुकने की कोई ज़रूरत नहीं है
ज़रा देर सीधे ही चलते चलो तुम
किताबों का बाज़ार आएगा आगे
वहीं ज़ंग आलूद छज्जे के नीचे से गुज़रोगे जब तुम

अँधेरी सी दाएँ तरफ़ इक गली सी मिलेगी
गली भी नहीं
इसलिए कि वहाँ कुछ ग़रीबों ने घर से बनाए हुए हैं
वो घर भी नहीं,
इसलिए कि वहाँ कोई दीवार या कोई खिड़की नहीं
कोई पर्दा नहीं है
गुज़रते हुए यूँ लगे तुमको शायद
किसी सस्ते नॉवेल का,
नंगा सा इक बाब पढ़ते हुए चल रहे हो

सँभलकर निकलना, फिसलने का डर है
कि खाते-पकाते वहीं पे हैं सारे
मगर उससे बढ़कर
ये डर है कहीं तुम
किसी ज़िन्दा मुर्दे पे पाँव न रख दो
कि इक मरता है और दो पैदा होते हैं रोज़ उस गली में!

गली से निकलते ही आँखों पे जब एक छींटा पड़ेगा
चमकती हुई धूप का
तो ज़रा देर कुछ भी दिखाई न देगा
ज़रा आँखें मलकर,
अगर पार देखो
तो इक चौक होगा
वहाँ से बहुत पास है वो सड़क भी
कि जिस पर तुम्हें सारे 'पी.एम.' के 'जी.एम.' के

बँगले मिलेंगे
उसी शाहराह पर,
बहुत आगे जाकर,
हवाई जहाज़ों का अड्डा नया बन रहा है
तुम्हें किससे मिलना था?...लेकिन?
नहीं! वो नहीं जानता मैं!
मैं समझा कि अपने ही घर का पता पूछते तुम यहाँ आ गए हो!

[स्टेज की रौशनी में तब्दीली आती है।]

[नज़्म ख़त्म होते ही स्टेज पर दो अदाकार विंग से दाख़िल होते हैं एक तरफ़ चारपाई लगाकर बैठ जाते हैं। और ताश के पत्ते फेंटने लगते हैं। वो लोग आपस में बात करने लगते हैं। 'बास' कहानी शुरू होती है।]

पार्टी वाला : नौ साल तक लड़-लड़ के हमने तुम लोगों के लिए ये कॉलोनी बनवा के दी।
तुम लोगों को झोंपड़-पट्टी से निकाला, सीमेंट के पक्के मकान बनवाकर दिए हैं, और अब तुम बोलता है...डिब्बे में बन्द कर दिया।

अदाकारा : मेरा घर वाला, हमेशा पार्टी वाले से बहस करता था।

मेथू : तू इसे बस्ती बोलता है। आदमियों का गोदाम लगता है। सबको पार्सल में पैक करके रख दिया है।

अदाकारा : मैं दाँतों में दुपट्टा दबाए सब सुनती रहती हूँ। मेरे को क्या लेना इन लोगों की पॉलिटिक्स से? वो भी

लगा रहता है, मेरा आदमी।

मेथू : अरे साला, दो बिल्डिंग के बीच में दो हाथगाड़ी की जगह तो होनी चाहिए। इधर से जाता आदमी उधर से आते आदमी से टकरा जाता है।

पार्टी वाला : क्या बात करता है मेथू?...पोलिस का दो जीब गुज़र सकता है। तू नाप के देख ले।

मेथू : अबे छोड़...दो चारपाई बिछा के ताश खेल सकता है क्या?

पार्टी वाला : अब बम्बई की गलियाँ चारपाई बिछाने के लिए तो नहीं हैं, दोस्त!

[दोनों बहस करते हुए उठे और स्टेज के पीछे विंग में चले गए। अदाकारा बोलती रही।]

अदाकारा : मैं भी सोचती हूँ, सारा रंग-रूप ही बदल गया ज़मीन का। पहले आधा साल दलदल की तरह कीचड़ रहता था यहाँ। कुछ खाड़ी का पानी आ जाता था। और आधे साल सूखे कीचड़ की काली मिट्टी उड़ती थी। नंग, धड़ंग बच्चे, कुत्ते, कुतरे, जानी की मुर्ग़ियाँ और मुर्गे सब पल जाते थे। बच्चे, पिल्लों को रस्सी बाँध के घसीटते रहते थे। बड़े होते-होते इन सब कुत्तों की गर्दन लम्बी हो जाती थीं।

सरकार ने अब इस आधी ज़मीन पर, सीमेंट की तीन मंज़िला पक्की बिल्डिंग बना दी हैं। और एक-एक मंज़िला पर चौबीस-चौबीस फ़्लैट हैं। हर एक फ़्लैट में एक कमरा, एक रसोईघर, जिसमें धुआँ ऊन के गोले की तरह लिपटा चला जाता है।

एक नल ख़ाना! और एक-एक बिल्डिंग में, हर मंज़िला पर दो पाख़ाने बना दिए हैं। ताकि पानी के डब्बे उठाकर दूर न जाना पड़े। लाइन अब भी लगती है। लेकिन पहले ये लाइन खुले में लगती थीं। अब दीवार से लगे-लगे सीढ़ियाँ चढ़ जाती हैं। जब ये बिल्डिंग बननी शुरू हुई थी तो सारी झोंपड़पट्टियाँ घसीट के, मैदान के एक तरफ़ रख दी गई थीं। जैसे ग़फ़्फ़ार मंडी में ख़ाली टोकरियों का ढेर लगा देता है। उसकी टोकरियों में सड़ी हुई सब्ज़ियाँ रह जाती थीं। और इस ढेर में गले-सड़े बच्चे और उनके माँ-बाप बिलखते रहते थे। बिलकुल ही कीड़े-मकोड़े की सी ज़िन्दगी थी। धूप भी, ओस भी, मीन्हा भी। आसमान भी अपना बचा-खुचा सब कुछ ऊपर से फेंकता रहता था। इन दीवारों पर तो काई भी नहीं लगती। झोंपड़पट्टियाँ तो फिर भी काफ़ी सब्ज़ रहती थीं।

हमारी झोंपड़ी के सामने थोड़ी सी खुली जगह थी, जहाँ संतोष ने करेले की बेल लगा दी थी। और खपच्चियों से बाँध के दीवार से खड़ी कर ली थी। इससे साथ की झोंपड़ी भी अलग हो गई थी। लेकिन बेल तो बेल ही थी। जहाँ साथ वाले को *(पड़ोसी को)* दो करेले नज़र आए। वहीं कपड़े धोने के बहाने बालटी पानी की रखी और मौक़ा पाते ही हाथ डालकर करेले चुरा लिये और पानी की बालटी में ही कपड़ों के नीचे रखके अन्दर ले आए। चार आलू और ढेर सी लाल मिर्च डाल के भून लिये, ख़ुशबू तक नहीं उड़ती थी करेले की। कैसे जान पाती संतोष? मगर उसे शक तो हुआ

था। इसीलिए जब रज्जब अली का गैराज गिराया था म्यूनिसिपैलिटी ने, तो संतोष का ख़सम पतले टीन की चादर लाया था और बाँस की खपच्चियों के पीछे ऐसे खड़ी कर दी कि सारी बेल छुप गई। इसीलिए तो संतोष के यहाँ से कभी-कभी करेलों की ख़ुशबू आ जाती थी। उसे लाल मिर्च से छुपानी नहीं पड़ती थी। हाँ माँग लो तो कभी-कभार दे भी देती थी। वो भी तो मेरे गमलों में लगे कच्चे टमाटर माँग लेती थी। सभी ने घर के बाहर कुछ-न-कुछ खड़ा कर लिया था।

'तुलसी' तो थी ही जिस पर रोज़ शाम को दिए ज़ल जाते थे। किसी को पता ही नहीं वो क्यों लगाई जाती है। बत्ती क्यों जलाते हैं। अमीना के यहाँ भी, करीमां के यहाँ भी, शान्ती और पूरवों के यहाँ भी, सभी कहती थीं।

"जब भी बूढ़ा खाँसे, मैं तुलसी डाल के काढ़ा पिला देती हूँ।"...कुछ की बेल तो झोंपड़ी की छत पर भी फैल जाती थी।

मगर आन्टी तो आन्टी है ना, उसने भट्ठी रखी थी, छोटी-सी। अपनी झोंपड़ी के पीछे, बख़्शी की तरह नहीं। जिसने मैदान के एक कोने में जगह बना रखी थी। पन्द्रह-बीस रोज़ में एक ही बार भट्ठी चढ़ाता था। दारू के ड्रम भरके झुग्गी में महफ़ूज़ कर लिया करता था। जिस रोज़ उसकी भट्ठी लगनी होती थी, उस रोज़ सुबह से कुछ हवलदार उसके घर की तरफ़ घूमते नज़र आने लगते थे। उसकी दो झोंपड़ियाँ और भी थीं। इज़्ज़तदार लोग अन्दर बैठ के पीते थे। और मामूली इज़्ज़त वाले,

वो बाहर बैठ के ठर्रा पीते थे। और सामने प्लेट में रखा नमक चाटते रहते थे।

लेकिन आन्टी तो आन्टी थी। वो बड़ी नफ़ासत से दारू बनाती थी। सड़े-गले फल भी डालती थी, और 'नौसादर' तो बहुत ही कम। उसकी दारू में रंग भी होता था। और जो कोई खाली बोतल साथ ले आए, एक रुपया कम कर देती थी। उसके बँधे हुए ग्राहक थे। वही आते थे और दस बजे के बाद कोई नहीं। फिर वो ख़ुद पी के धुत्त हो जाती थी और बड़े का गोश्त खाके सो जाती थी। कोई जगा दे तो ऐसी झंकारती गालियाँ पड़ती थीं कि सारी बस्ती में रस टपक जाता था।

अब तो वो भी दीवारों में बन्द हो गई है। उसका तो गला ही घुट गया है। पहले वो इतनी अकेली नहीं लगती थी।

'जानी' भी कहता है अब होटल की नौकरी पड़वड़ती नहीं। उसकी मुर्ग़ियाँ कुछ बिक गईं, कुछ खा गए, कुछ मर गईं। अब दूसरे और तीसरे माले पर मुर्ग़ी कहाँ से पाले?

'ग़फ़्फ़ार' ने भी इस साल बकरा नहीं लिया। क़ुर्बानी में अपनी बकरी काट डाली। कहता है, पहले खोल देते थे तो कचरपट्टी में अपना चारा ढूँढ़ लेती थी। अब घर के कपड़े खाती है। महीने में दो लुंगियाँ का ख़र्चा बढ़ गया है। घर नहीं था तो कितना अच्छा था।

मेरा घर वाला भी पहले कुछ दोस्तों को साथ ले आता था। झोंपड़ी के बाहर, चारपाई डाल के सब पीते थे। हुल्लड़ करते थे। और जो लुढ़क जाता

था, रात वहीं पड़ जाता। सुबह ड्यूटी से पहले उठके चला जाता।

[चार अदाकार स्टेज पर दाख़िल होते हैं एक साइड पर बैठकर कार्ड खेलना शुरू करते हैं। उनमें से एक चला जाता है।]

अदाकारा : अब उसने भी दोस्तों को लाना छोड़ दिया। एक ही कमरे में सारे मर्द और औरतें क्या करें? तब बच्चे फ़र्श पर पड़े रहते थे। मर्द बाहर सो जाते थे। औरतें रात को पानी भरके, अपने-अपने मिमियाते बच्चों को छाती से लिपटा के सो जाती थीं। अब क्या करें? बड़े बच्चे आँखें फाड़े सब देखते रहते हैं।

मैं तो कई बार अपने मर्द से कह चुकी हूँ ये भी साली कोई ज़िन्दगी है? दरबों में बन्द कर दिया है सरकार ने। पता है क्यों? ताकि ग़रीबी की बास बाहर न जाए। चल मकान बेच के, कहीं और चलते हैं। किसी और झोंपड़पट्टी में जगह मिल जाएगी...!!

[सारे अदाकार धीरे-धीरे स्टेज के पीछे विंग में जाने लगते हैं। और रौशनी धीरे-धीरे मद्धम होती हुई बिलकुल ग़ायब हो जाती है।]

[कुछ देर बाद एक आवाज़ के साथ रौशनी होती है। एक अदाकार नज़्म पढ़ते हुए स्टेज के बीच में आकर खड़ा होता है।]

अदाकार-1 : रोज़ किसी फ़ुटपाथ पे रात को

चाक से लाश का ख़ाका खींच के
अरविन्द उसमें सो जाता था!
रोज़ सुबह फिर उठकर हँसता था, कहता था,
"कल फिर अपनी लाश से बाहर आन गिरा मैं करवट लेकर,
आज का दिन फिर जीना होगा!

जब से उसको मोर्ग (Morgue) में ले जाकर रक्खा है
ख़ाके सब फ़ुटपाथ पे करवट लेते हैं!

[कोरस एक जगह पर क़ायम कर दिया गया है।]

कोरस : कार का इंजन बन्द करके
और शीशे चढ़ा के बारिश में
घने-घने पेड़ों से ढकी सेंटपॉल रोड पर
आँखें मीच के बैठे रहो और कार की छत पर
ताल सुनो तब बारिश की!

[कोरस में से एक सोलो आवाज़।]

सोलो : गीले बदन कुछ हवा के झोंके
पेड़ों की शाख़ों पर चलते दिखते हैं

शीशे पे फिसलते पानी की तहरीर में उँगलियाँ चलती हैं
कुछ ख़त, कुछ सतरें याद आती हैं
मॉनसून की सिम्फ़नी में!

[एक और किरदार-2 विंग से दाख़िल होकर

नज़्म पढ़ता है, जैसे ख़बर दे रहा हो।]

अदाकार-2 : रात को फिर बादल ने आकर
गीले-गीले पंजों से जब दरवाज़े पर दस्तक दी
झट से उठ के बैठ गया मैं बिस्तर में
अक्सर नीचे आकर ये कच्ची बस्ती में
लोगों पर ग़ुर्राता है—
लोग बिचारे 'डामर' लेप के दीवारों पर
बन्द कर लेते हैं झिरियाँ
ताकि झाँक न पाए घर के अन्दर
लेकिन फिर भी—
ग़ुर्राता चिंघाड़ता बादल—
अक्सर ऐसे लूट के ले जाता है बस्ती
जैसे ठाकुर का कोई ग़ुंडा
बद-मस्ती करता निकले इस बस्ती से!!

[स्टेज पर अदाकार-1 दाख़िल होता है। साथ ही रौशनी और मौसीक़ी भी। अदाकार स्टेज के बीच आकर एक नई कहानी सुनाना शुरू करता है 'झड़ी'।]

[दामू नामी किरदार...दामू गिलास और बोतल लिये बैठा एक तरफ़। बेटी घर के बर्तन सँभाल रही है और बीवी, 'सोभा'...बार-बार घर से बाहर आती जाती है। बहुत मसरूफ़ है। और मुसलसल बारिश की आवाज़ आ रही है।]

अदाकार-1 : बारिश की झड़ी भी कुछ इस तरह लगी थी मुम्बई में, जैसे दामू को पीने की झड़ी लगी थी। पाँच रोज़

से लगातार दिन-रात दारू पिए जा रहा था—और पाँच रोज़ से आसमान भी बरसे ही चला जा रहा था। लगता था दोनों को चढ़ी हुई है, और कोई रुकने को तैयार नहीं था। ज़िद लगी हुई थी। दामू का हमेशा से यही हाल था। दामू ऐसा ही था। जब पीने पर आता तो कोई उसे रोक नहीं सकता था। बीस-बीस दिन, एक-एक महीना, सुबह-ओ-शाम दारू बस दारू।

[शोभा अन्दर आकर, दामू के सामने कुछ रख के चली जाती है।]

[अदाकारा स्टेज के बाएँ तरफ़ से विंग से दाख़िल होती है, और दूसरी तरफ़ निकल जाती है।]

अदाकार-1 : बीवी 'लक्षे' को रोकती, जो दारू देता था, तो पता नहीं कहाँ-कहाँ से निकाल लेता था। बिस्तर के नीचे बिछी तलाई में से, दाल के डिब्बे में से, छत के पाटिये से—और दम भी बहुत था पीने का। पीता था तो ख़ुश रहता था। औरों की तरह लड़ता-झगड़ता नहीं था—और जब छोड़ देता था तो तीन-तीन, चार-चार महीने, कभी छह-छह महीने तक हाथ नहीं लगाता था। तब उसके जैसा आदमी न होता बस्ती में। उसके जैसा बाप नहीं, उसके जैसा पति नहीं, उसके जैसा वर्कर भी नहीं।

लेकिन वो तो मौसम की बात है। इस बार तो पहली बारिश के साथ ही शुरू हो गया—और बारिश भी, क्या बारिश। सौ साल में ऐसी बारिश

नहीं हुई थी। पहला दिन गुज़रा, बर्दाश्त किया। हमेशा की तरह मुम्बई की लोकल ट्रेनें बन्द हुईं, चलीं, फिर बन्द हुईं। दूसरे दिन बाहर के ट्रक आने बन्द हुए। तेल, तरकारी की आमद बन्द हो गई—भाव-ताव ने ख़रगोशों की तरह कान खड़े कर लिये। शाहराओं पर ट्रकों की क़तारें रुकती नज़र आने लगीं। बारिश मुसलसल जारी थी एक ही रफ़्तार से—और दामू की उसी रफ़्तार से दारू जारी थी।

तीसरे दिन से ख़तरे के आसार दिखाई देने लगे। बारिश, बारिश के साथ हवा, गली में पानी भरना शुरू हुआ।

[शोभा, कुछ बक्से उठाकर अन्दर आती है। और अन्दर बिछे तख़्त के ऊपर रखकर, फिर चली जाती है...कुछ बुड़बुड़ किए जा रही है।]

रावी-1 : बीवी बाहर का सामान उठा-उठाकर खोली में रखने लगी। बालिश्त भर की खोली, जिसमें दामू, उसकी बीवी शोभा और बेटी कृष्णा, जिसकी अगले महीने शादी होने वाली थी। वो ही नहीं समाते थे, शोभा ने बकरी को भी अन्दर ले लिया। दामू चिढ़ गया।

[शोभा, बकरी को घसीट के अन्दर ले आती है।]

दामू : अबे इस भेन...को अन्दर लाने की क्या जरुवत *(ज़रूरत)* थी?

शोभा : बाहर खड़ी कब तक भीगती रहती?

दामू : अबे इतना मोटा ऊन का कोट पहन रखा है। दो घंटे भीग नहीं सकती?

शोभा : दो घंटे कहते हो। दो दिन हो गए हैं पानी पड़ते। आज तो गली भी भर गई और नाला इतने ज़ोर से बह रहा है। मुझे तो लगता है पुनिया की झोंपड़पट्टी सब जाएगी पानी में।

रावी-1 : दामू चुप हो गया। दाएँ हाथ से नमक चाटा थोड़ा सा और बाएँ हाथ से आधा गिलास दारू का ग़टक गया। नौसादर सीने में जा के लगा। भट्ठी वाले को गाली दी।

दामू : साला, इतना नौसादर डालने लगा है दारू में। लगता है बैटरी का तेज़ाब डाल दिया।

[शोभा ने कोई जवाब नहीं दिया। बकरी को एक तरफ़ बाँध के, कृष्णा से बोली।]

शोभा : उठ बेटी...ये फ़र्श का सामान थोड़ा उठाके ऊपर रख दे, तख़्त पे डाल दे। मुझे लगता है पानी थोड़ा तो भरेगा खोली में। बारिश तो बन्द होने की नहीं, और तेज़ हो गई...

रावी-1 : उसने बात पूरी भी नहीं की थी कि गली में एक शोर उठा।

शोभा : लगता है झोंपड़ी गई पुनिया की।

रावी-1 : शोभा ने दरवाज़े पर जाकर देखा। मुक़ादम की छत पूरी की पूरी फिसल के गली में आ पड़ी थी। लोग भागे उसे उठाने के लिए। लेकिन अब क्या फ़ायदा, बजाय गली से भरने के, पानी सीधा ऊपर से भरने लगा—आसमान भी ज़िद में था।

[कृष्णा उठकर दरवाज़े तक गई तो शोभा ने रोक दिया।]

रावी-1 : कृष्णा ने जाना चाहा, लेकिन शोभा ने रोक दिया।

शोभा : तू बैठ अगले महीने लगन है। कहीं हाथ-पैर तोड़ के आ गई तो...

रावी-1 : कुछ और कहते शोभा निकल गई।

[शोभा स्टेज के बाएँ तरफ़ से विंग में चली गई। स्टेज पर दामू और उसकी बेटी कृष्णा और बकरी रह गए। दामू ने कृष्णा की तरफ़ देखा।]

रावी-1 : दामू का जी चाहा बेटी से कोई बात करे। अब वही तीनों थे खोली में।

दामू, कृष्णा और बकरी।

दामू : काँदा है घर में बेटी? एक काँदा काट के देना। नमक डाल के।

[कृष्णा स्टेज पर एक किनारे बने किचन की तरफ़ मुड़ गई।]

रावी-1 : कृष्णा चुपचाप काँदा काटने लग गई। दामू ने खिड़की में रखी बोतल उठाई और फिर से गिलास भर लिया।

दामू : मटकी से पानी भी दे दे बेटी।

रावी-1 : बग़ैर कुछ कहे कृष्णा ने मग भर के रख दिया। आधा गिलास दारू, आधा गिलास पानी! कृष्णा लौट गई थी लेकिन दामू ने अपना काँपता हुआ हाथ कृष्णा के सर पे रखा, जो कुछ देर हवा में लहराता रहा। मुख़ालिफ़ हवा में उड़ते पंछी की

तरह, और दुआ दी।

दामू : तू फिकर नहीं करना बेटी। बोत *(बहुत)* शान से तेरा लगन करूँगा। पच्चीस हज़ार की खोली, पच्चीस हज़ार का कपड़ा, गहना, पच्चीस हज़ार तेरे मर्द को दूँगा। पूरा एक लाख लेकर आऊँगा। सब तेरे लगन में ख़र्च कर दूँगा।

[फिर ख़ुद ही हिसाब ठीक किया।]

दामू : एक लाख ज़्यादा हो गया क्या?...चल पचास हज़ार लाऊँगा।

रावी-1 : पच्चीस हज़ार बार, ये बात वो नशे में दोहरा चुका था—और हर बार शोभा फटकार देती थी।

[शोभा फिर दाख़िल हो चुकी थी।]

शोभा : कहाँ से लाएगा? रेस में जाएगा क्या? कि चोरी करेगा?

रावी-1 : हर बार शोभा बोलती ज़रूर थी—और वो भी हर बार पीने के बाद एक बार तो अपने अन्दाज़ से ज़रूर कृष्णा के सर पे हाथ रख देता था—और यही कहता था : "तू फिकर मत कर..."

कृष्णा काँदा और नमक रखके फिर सामान हटाने लग गई। पानी अब खोली के अन्दर आना शुरू हो गया था, और किचन वाली छत से बाक़ायदा नीचे रखी बालटी बज रही थी। बकरी जो इतनी देर बैठी हुई थी फिर खड़ी हो गई।

शोभा बहुत देर तक नहीं आई तो कृष्णा देखने को निकली। वो भी आधे घंटे के लिए गुल हो गई।

रावी-1 : दामू को भी सामान की फ़िक्र हुई। पहले तो उसने अपनी एक लीटर दारू सँभालकर ऊपर रख दी। जो दाल के डब्बे में छुपा के रखी थी वो अलग। फिर पानी का एक बड़ा वाला जग भर के रख लिया। फिर दो पेटियाँ, कपड़े-लत्ते वाली, उठाकर तख़्त पर रख दीं। तीसरी पेटी बहुत भारी थी, घसीटने में पैर पे लग गई। वो वहीं छोड़ दी। बकरी बिलकुल कोने में घुस के खड़ी हो गई। जैसे नमाज़ में हाथ बाँधे खड़ी हो। एक डिब्बे में कुरमुरे भरे हुए थे। थोड़े जेब में भर लिये। थोड़े मुट्ठी में भर के फिर अपनी जगह पर आकर बैठ गया। खोली में पानी भरना शुरू हो गया था।

[दामू बक्से पर बक्सा रखके और ऊँचा होकर बैठ गया अपने सामान के साथ।]

रावी-1 : इस बार शोभा लौटी कृष्णा नहीं—साड़ी उठाके घुटनों से ऊपर बाँध ली थी। चिल्ला रही थी।

शोभा : देखो आज घर में खाना पकाना तो नहीं हो सकता। नीचे होटल मलिए का, आधा पानी से भर गया। लोग-बाग ऊपर वाले गैराजों में भाग रहे हैं।

रावी-1 : दामू नशे में था लेकिन याद रहा।

दामू : मुक़ादम का क्या हुआ? घर तो भर गया होगा?

शोभा : बेचारा अभी तक सामान उठाकर ऊपर पहुँचा रहा है। हीरो, गोपाल, सुलेमान सब लगे हैं। लेकिन क्या करें? बूढ़ों-बच्चों को देखें कि सामान को देखें?

रावी-1 : शोभा खाने-पीने का सामान उठा-उठाकर ऊपर

रखती जा रही थी। पाव-वड़ा लाई थी। वो बना रही थी दामू के लिए, और कह रही थी :

शोभा : कितने बच्चे पैदा करते हैं मुहल्ले वाले। एक-एक साइज़ के दस-दस बच्चे मिलते हैं। शुक्र है अपनी एक ही है!

रावी : बीवी के आने से दामू में जान आ गई थी। सर का पानी झाड़ कर बोला :

दामू : तेरा पेट नहीं गिरने लगता तो इधर भी लाइन लगी होती अब तक।

[शोभा ने भी गर्दन मार के कहा।]

शोभा : भगवान है ना बचाने वाला। लो...खा लो।

[दामू ने बाज़ू से पकड़ लिया। ऊपर की तरफ़ इशारा करके बोला।]

दामू : वो क्या तेरे सगे वाला है?

शोभा : अब हाथ छोड़ो।

[शोभा ने डपट के कहा।]

शोभा : और यहाँ से निकलने की तैयारी करो। नीचे देखो, कितना पानी भर रहा है।

[शोभा ने दो पेटियों के ऊपर खुर्ची (कुर्सी) रखी थी। दामू धीरे से उठके, उसके ऊपर चढ़ गया।]

दामू : इतना ऊँचा तो तेरे सगे वाला भी नहीं आ सकता। पानी क्या आएगा?

शोभा : लुढ़क मत जाना। यहाँ उठाने वाला कोई नहीं है।

दामू : तू कहाँ जा रही है?

शोभा : गैराज वाले छप्पर में। जरा हाथ बँटा दूँ। कृष्णा भी वहीं है।

दामू : वो कब आएगी?

शोभा : जरा पानी थमें तो सब लोग लौटेंगे।

रावी-1 : लेकिन इस बार कोई नहीं थमा। न बारिश, न दामू। गली के पानी का बहाव बढ़ता ही गया। नाला दरिया हो चुका था। मुक़ादम का छोटा लड़का पानी में गिरा और ग़ोते खाता बह गया। कई लोग दौड़े लेकिन वो हाथ नहीं आया। इस दौड़ में कुछ और लोग भी ज़ख़्मी हुए।

बहुत से लोगों का ख़याल है कि वो जहाँ पानी का भँवर बन रहा था वहाँ कोई 'मेन होल' खुला था और मुक़ादम का लड़का उसी में खिंच गया।

घरों में बिजली चली गई थी। या बन्द कर दी गई थी। शॉर्ट सर्किट होने का ख़तरा था। शाम होते-होते पानी के साथ-साथ शहर अँधेरे में डूबने लगा।

[स्टेज पर, लाइट और पालिथिन से पानी भरने का इफ़ेक्ट शुरू हो चुका था। खोली में पानी भरता जा रहा था। और दामू ऊपर-ऊपर उठता जा रहा था।]

रावी-1 : ऊपर के दोनों-तीनों गैराजों में छह फ़ुट तक पानी भर गया। जिन गाड़ियों से मरम्मत के लिए इंजन निकले हुए थे उनके ढाँचे क़ब्रों की तरह पानी पर तैर रहे थे। छत के पास-पास, सामान के लिए बने खाँचों से सामान पानी में फेंककर कुछ लोग उन खाँचों में घुस गए थे। अब जब तक बारिश न

थमे—और पानी न उतरे, उनके नीचे उतरने का कोई इमकान नहीं था।

बालटी जो बूँद-बूँद भरी थी अब वो भी पानी के ऊपर तैर रही थी। बाहर से बीच-बीच में जो हुल्लड़ लोगों का सुनाई देता था, वो भी दूर हो चुका था। मुहल्ला ख़ाली हो रहा था। कभी-कभी शोर का रेला उठता था, जैसे कहीं कोई मैच चल रहा हो। कोई विकट गई या किसी ने छक्का मारा। वरना एक ही मुसलसल आवाज़ छप्पर की, बारिश की, पानी के बहाओ की, जैसे आसमान लोरी सुना रहा था, और आँखें भारी होने लगी थीं।

जो निकल सके वो निकल गए थे, और दूर बिल्डिंगों की छतों पर, हस्पतालों के बरामदों में, स्कूलों के कमरों में जाकर पनाह ले रहे थे। शोभा को लोगों ने पानी में डूबते देखा था। कुछ कहते हैं, किसी साँप ने डस लिया, जो कई जगह पानी में तैरते नज़र आ रहे थे। कृष्णा हस्पताल के एक बरामदे में घुटी बैठी थी। उसे किसी ने ख़बर नहीं दी।

[दामू स्टेज पर कुछ संदूक़ रखे थे उन पर चढ़ के बैठा था। बाक़ी सारे अदाकार कुछ दूर से दामू के पास पहुँचने की कोशिश कर रहे थे। उसे बचाने के लिए। पानी बहुत ऊँचाई तक भर गया था।]

रावी-1 : शाम ढलने से पहले दो नौजवान लड़कों ने कमर

में रस्सा बाँधकर दामू की खोली तक पहुँचने की कोशिश की। लेकिन अन्दर दाख़िल न हो सके। उनकी गर्दनों तक पानी आ चुका था। बकरी दरवाज़े में उलटी अटकी हुई थी। मर चुकी थी। दीवार के पास का अंडर करंट *(निचला बहाव)* बहुत तेज़ था। पीछे की खिड़की पानी में डूब चुकी थी। दामू ने किसी तरह बरतनों वाला टेबल *(मेज़)* तख़्त पर खींचकर खुर्ची *(कुर्सी)* उसके ऊपर खींच ली थी। कुछ बर्तन पानी के ऊपर तैर रहे थे—कुछ बह गए। बारिश और पानी के शोर से कान फट रहे थे। लड़कों ने बहुत आवाज़ें दीं दामू को।

लेकिन वो एक हाथ में बोतल पकड़े, दूसरे हाथ में एक लम्बी लकड़ी से पानी पर तैरते टमाटर और खीरे पकड़ रहा था। जैसे कोई मछलियों को घेर रहा हो, और हँस रहा था। बाहर निकलने की, न उसने सुनी, न कही, और शायद सोची भी नहीं। वो अभी तक पानी के ऊपर था—और आसमान से ज़िद लगी थी, यह झड़ी कौन पहले बन्द करता है!

[स्टेज पर धीरे-धीरे अँधेरा होने लगा। मंज़र ग़ायब होने लगा। फिर कुछ देर अँधेरा रहने के बाद एक आवाज़ के साथ रौशनी स्टेज पर नज़र आई एक अदाकारा नज़्म पढ़ते हुए विंग से स्टेज के बीच में आकर खड़ी हो गई।]

रावी-2 : बारिश आती है तो पानी को भी लग जाते हैं पाँव

दर-व-दीवार से टकरा के गुज़रता है गली से
और उछलता है छपाकों में
किसी मैच में जीते हुए लड़कों की तरह

जीत कर आते हैं जब मैच गली के लड़के
जूते पहने हुए कैनवस के
उछलते हुए गेंदों की तरह
दर-व-दीवार से टकरा के गुज़रते हैं
वो पानी के छपाकों की तरह!

[स्टेज पर धीरे-धीरे विंग से निकलकर दूसरे अदाकार भी आ गए। और साथ में एक नज़्म पढ़ी।]

कोरस : रात जब बम्बई की सड़कों पर
अपने पंजों को पेट में लेकर
काली बिल्ली की तरह सोती है
अपनी पलकें नहीं गिराती कभी
साँस की लम्बी लम्बी बोछाड़ें
उड़ती रहती हैं ख़ुश्क साहिल पर!

[फिर सब स्टेज से निकल गए। एक अदाकारा रह गई। उसने नई नज़्म पढ़ना शुरू की।]

रावी-2 : होंठ हिलते हैं भिखारी के, सुनाई नहीं देता
हाथ के लफ़्ज़ उछलते हैं, वो कुछ बोल रहा है,
थपथपाता है हर इक कार का शीशा आकर
और उजलत में है
ट्रैफ़िक के सिगनल पे नज़र है!

'चेंज' है तो सही
कौन इस गर्मी में अब कार का शीशा खोले,
अगले सिगनल पे सही...
रोज़ कुछ देना ज़रूरी है, ख़ुदा राज़ी रहे!

[अदाकारा नज़्म ख़त्म होते ही स्टेज से निकल गई। एक दूसरा अदाकार नज़्म पढ़ते हुए दाख़िल हुआ।]

रावी-3 : वो पुल की सातवीं सीढ़ी पे बैठा कहता रहता था
"किसी थैले में भर के गर ख़याल अपने
मैं दरवाज़ों पे हरकारे की सूरत जा के पहुँचाता,—
चमकती बूँदें बारिश की, किसी की जेब में भरके,
गले में बादलों का एक मफ़लर डाल के आता
वो भीगा-भीगा सा रहता...
किसी के कान में दो बालियों से चाँद पहनाता
मछेरों की कोई लड़की अगर मिलती
गरजते बादलों को बाँध कर बालों के जूड़े में,
धनक की वेणी दे आता...!

मुझे गर कहकशां को बाँटने का हक़ दिया होता
ख़ुदा ने तो...
कोई फ़ुटपाथ से बोला :
"अबे औलाद शायर की...
बहुत खाई हैं रूखी रोटियाँ मैंने
जो ला सकता है तो इक बार कुछ सालन ही ला
कर दे!"

[एक अदाकार और एक अदाकारा स्टेज के

दो तरफ़ से दाख़िल होते हैं। दोनों जवाँ साल भिखारी हैं। मगर एक दूसरे को चाहते हैं।]

भिखारी : कल तुझे सैर कराएँगे समन्दर से लगी गोल सड़क की,
रात को हार सा लगता है समन्दर के गले में!
घोड़ा गाड़ी पे बहुत दूर तलक सैर करेंगे
घोड़े की टापों से लगता है कि कुछ देर के राजा हैं हम!
'गेटवे ऑफ़ इंडिया' पे देखेंगे हम 'ताज महल होटल'
जोड़े आते हैं विलायत से हनीमून मनाने, तो ठहरते हैं वहीं पर!

भिखारन : आज की रात तो फ़ुटपाथ पे ईंटें रख कर,
गर्म कर लेते हैं बिरयानी जो ईरानी के होटल से मिली है
आज की रात मना लेंगे हनीमून यहीं ज़ीने के नीचे!!

[नं. 3 रावी फिर दाख़िल होता है। और दोनों भिखारी अदाकार वापिस चले जाते हैं।]

रावी-3 : इस फ़ुटपाथ पे रहना अब मुश्किल है दोस्त,
सोचता हूँ फ़ुटपाथ बदल लूँ
पहले सा अब शर्म, लिहाज़ नहीं लोगों में,
ना पहले सी दुनियादारी!
वो भी दिन थे—आस-पड़ोस में पूछ लिया करते थे
गर कोई भूखा ही सो जाए तो
अब तो जेबें कट जाती हैं सोते में,

और तो और कि सिर के नीचे रखे, रात को
जूते भी चोरी हो जाते हैं!

मैं जब आया था इस शहर में,
आठ आने लेता था इस पाड़े का दादा—
और दुअन्नी हफ़्ते की, ये वर्दीवाला
इतनी भीड़ नहीं होती थी
भिखमंगे भी कम होते थे
धन्धे वाले लोग थे सारे!
कोई हमाल था गोदी में, पनवाड़ी कोई,
कुछ ईरानी होटल के लौंडे थे, आकर सो जाते थे—
फोकट के नारे लगवाने वाले नेता लोग नहीं थे
पहले के जो नेता थे ना—'बाटा' के जूतों जैसे थे,

सालों साल चला करते थे,
'पावर' वाले लोग थे सारे,
चुटकी में दुश्मन का काँटा खींच दिया करते थे,
साला...!
अब तो आया और गया
सब कच्चरपट्टी...!!

मेरे दिनों में...
औरत ज़ात 'मुल्क' में रखकर आते थे मज़दूरी करने,
कोई बेटी, बुढ़िया, साथ में आ जाती तो—
सब इज़्ज़त से देखते थे
कोई साला लफ़ड़ा ना था

क्या कुछ होता है अब, छी छी!

अब फ़ुटपाथ पे रहने में भी 'रिस्क' बहुत है
जब से हिन्दू मुस्लिम दंगे करवाने की रीत चली है
सियासत में
पाड़ों के दादा भी आकर धर्म पता कर जाते हैं!
किस साले को धर्म पता है?
याद किसे है?
कितने साल हुए अपने को?
जब से टाँग कटी थी एक्सीडेंट में साली
गाड़ी वाला पी के जब फ़ुटपाथ के ऊपर चढ़ आया था
मिल की नौकरी छूट गई थी!
तब से ये बैसाखी लेकर,
झाड़न बेच के,
टैक्सी धोकर दिन कटते हैं!

छोड़ गया फ़ुटपाथ ये आख़िर झुमरू लँगड़ा
चौपाटी के पुल से कूद के उसने अपनी जां दे दी है!!

[रौशनी मद्धम हो जाती है—और अँधेरा होते-होते मंज़र बदल जाता है। रौशनी लौट आती है।]

['भायखला' की फ़ुटपाथ पर जहाँ ग़रीब, बेघर सोते हैं, कुछ लोग सो रहे हैं। एक अदाकार एक तरफ़ बैठा जाग रहा है। और 'अट्ठन्नियाँ' की कहानी सुनानी शुरू करता है।]

रावी : चंदू, तीसरी जमात से जो भागा, तो सीधा बम्बई आके दम लिया। ये और बात है कि आज वो मिनिस्टर साहब के बँगले पर नौकरी करता है। लेकिन उसे याद है सब! तीन दिन तक, रात-दिन जागने के बाद, जब पहली बार भायखला के फ़ुटपाथ पर सोया था तो आधी रात को हवलदार ने ठुड्डे से जगा के पूछा था।

हवलदार : ऐ...कहाँ से आया है?

चंदू : यू.पी. से।

हवलदार : क्यूँ भाई? कौन सी यू.पी. से आया है?

चंदू : फ़ैज़ाबाद से।

हवलदार : अच्छा...? निकाल अठन्नी! फ़ुटपाथ पे मुफ़त में नहीं सोने का—क्या?

रावी : चंदू को लगा—उसे किसी फ़िल्म में देखा है। वहाँ भी 'क्या?' बोल के बात करता था।

चंदू : पैसे नहीं हैं मेरे पास। इसीलिए तो शहर आया हूँ।

हवलदार : ये शहर नहीं है। मुम्बई है—क्या?—महानगर बोलते हैं इसको। चल निकाल अठन्नी।

[पास पड़े झुमरू की आँख खुल गई।]

झुमरू : ऐ देवा...क्यूँ तंग करता है?—ये ले अठन्नी और सोने दे।

[झुमरू ने तकिये के नीचे बिखरे चिल्लर से एक अठन्नी उठाई और उछाल दी उसकी तरफ़। देवा ने लपक ली और बोला :]

हवलदार : तेरा कोई सगे वाला है क्या? तू तो मलिया है साला।

रावी : हवलदार हाथ की अठन्नियाँ बजाता हुआ आगे बढ़ गया। चंदू को समझ नहीं आया। कैसा शहर है यार। मारता भी है। पालता भी है। बाक़ी रात उसे फिर नींद नहीं आई। सुबह उठके झुमरू से मुलाक़ात हुई।

झुमरू : गाँव से आया है? बालों में तेल लगा के हीरो बनेगा?

चंदू : नहीं यार मैं तो—

झुमरू : ऐ...

[झुमरू ने डाँट दिया।]

झुमरू : यार होते हैं रंडियों के। अपन को चाचा कह के बुलाना। सब यही बोलते हैं। झुमरू चाचा।

रावी : चंदू थूक निगल के चुप हो गया। झुमरू बोला।

चंदू : देवा फिर आएगा। हफ़्ते की अठन्नी लेता है यहाँ सोने की।

रावी : चंदू का चेहरा पीला पड़ गया।

झुमरू : ये हलदी होने से काम नहीं चलेगा। मिर्ची बनो। लाल मिर्ची।

[झुमरू फिर बोला।]

झुमरू : चल चौपाटी पे भाषण है आज। पाँच रुपया मिलेगा।

चंदू : करना क्यां होगा?

झुमरू : भाषण सुनना पड़ेगा। ताली बजानी होगी। और 'जय हो' बोलना पड़ेगा।

[चंदू मुस्कुराया।]

चंदू : इसके लिए पाँच रुपये मिलेंगे?

झुमरू : हाँ! पन फ़िफ़्टी पर्सेंट अपन का होगा। देख पार्टी *(पाल्टी)* से दस रुपया मिलता है। देवा पाँच काट के, पाँच अपन लेता है। अपने फ़ुटपाथ से उसको पचास आदमी का ऑर्डर मिला है। मेरे को जुगाड़ करना है—समझा?

[चंदू ने सर हिला दिया।]

चंदू : हो! मराठी का पहला शब्द उसने यही सीखा था।

रावी : एक बार फिर चंदू को वही लगा। अजीब शहर है! पालता भी है। काटता भी है।

[झुमरू ने कहा :]

झुमरू : अपन सब कोमड़ी के माफ़िक़ है।

चंदू : कोमड़ी क्या?

झुमरू : मुर्ग़ी—ये नगर सबको दाना फेंकता है। हम लोग कोमड़ी के माफ़िक़ टुक-टुक चुगते रहते हैं। फिर जब कोमड़ी पल जाती है तो उसको काट देता है।

चंदू : कौन काटता है?

झुमरू : राजा लोग।

चंदू : राजा कौन है?

झुमरू : इधर दो क़िस्म का लोग राज करता है। एक तो पार्टी वाला है। बात करता है। भाषण देता है, नोट देता। वोट लेता है! दूसरा गोली चाक़ू चलाने वाला है। माल देता है, जान देता है। कभी जान लेता है, माल देता है!

चंदू : तुम्हारा मतलब ग़ुंडे लोग!

झुमरू : गुंडे तो दोनों हीच हैं। लेकिन दोनों का स्टाइल अलग अलग है।

[चंदू को महानगर के तरीक़े सीखते वक़्त नहीं लगा।]

[एक अलग जगह पर...पसेमंज़र चौपाटी का भी हो सकता है।]

रावी : अगली बार देवा के साथ एक पार्टी वाला आदमी आया था। उसने आदमी गिने और पूछा।

पार्टीवाला : नेताजी बोलेंगे, 'मुम्बई कोणाची' तुम लोग क्या बोलोगे?

[सब ने एक आवाज़ होकर कहा :]

कोरस : मुम्बई आम्ची!

पार्टीवाला : ऐ मदरासी...मराठी में बोलने का। तमिल में नहीं। क्या बोलेगा?

मदरासी : मुम्बई आम्ची!

पार्टीवाला : गुड!

[वो चला गया तो चंदू ने देवा से पूछा।]

चंदू : "भाऊ!"

रावी : उसने दूसरों को सुना था देवा को इस नाम से बुलाते। उसका चेहरा फ़ौरन नर्म पड़ जाता था।

चंदू : भाऊ...इस पार्टी वाले को कितना पैसा मिलता होगा, एक आदमी बुलाने का?

[देवा का लहजा सख़्त हो गया।]

भाऊ : तेरे को क्या? तुझे पाँच अठन्नी मिला ना?

चंदू : पाँच अठन्नी से क्या होता है भाऊ?

भाऊ : पाँच हफ़्ते सोने का भाड़ा हो गया ना?

चंदू : सोने का हो गया। खाने का क्या करूँ भाऊ?

भाऊ: क्या हम बुलाया था तेरे को? कौन से यू.पी. से आया बोल?

चंदू : फ़ैज़ाबाद!

भाऊ : फ़ैज़ाबाद में कौन देता था खाने को? क्या...बोल?

रावी : चंदू ने इतना बड़ा झूठ बोला कि वो ख़ुद ही हिल गया। उसके होंठ फड़फ़ड़ाने लगे।

चंदू : ह...ह्ह...हम लोग खेतों में मज़दूर थे। वो कुछ टैररिस्ट लोग आए और तड़तड़ गोलियों से सबको भून दिया। मेरी पूरी फ़ैमिली माँ-बाप-भाई-बच्चे सब...

रावी : उससे आगे वो कहानी नहीं बना पाया। काँपने लगा। लेकिन भाऊ का चेहरा नर्म पड़ गया। उसने समझा सच बोल रहा है।

भाऊ : मैं देखता हूँ। कोई काम लगा देता हूँ तेरे को। कुछ लिखना-पढ़ना आता है?

चंदू : हिन्दी की तीन जमात पढ़ा हूँ गाँव में।

भाऊ : अपना नाम लिख लेता है?

चंदू : हो!

भाऊ : मेरा भी लिख सकता है?

चंदू : हो!

भाऊ : कल से मेरे साथ चल। मेरे को हफ़्ते का डायरी भरना होता है। अपनी हिन्दी अच्छी नहीं। राष्ट्र भाषा है ना। क्या करने का। लिखना पड़ता है। वही बोल के नौकरी मिला था। वो साला...एक से चार

अठन्नी लेता है, भर के देने का। इस नगर में कोई काम फोकट में नहीं होता क्या?"

रावी : चंदू का काम बन गया। मगर उसने पूछा :

चंदू : भाऊ तुम सारा हिसाब अठन्नियों में क्यूँ रखते हो?

[भाऊ आधा हँस के बोला :]

भाऊ : अपने जैसे 'कॉमन मैन' के पास सब कुछ आधा हीच होता है। आधा खाना, आधा सोना, आधा हँसना, आधा रोना, आधा जीना, आधाच मरना— ये अठन्नी साला कभी पूरा रुपया नहीं होता है।

[फिर रुक के बोला :]

भाऊ : है ना ऊपर की बात?—अपन को एक (hushed tone) नक्सलाइट बोला था।

रावी : चंदू भाऊ के साथ रिपोर्टर की तरह जाने लगा। वो जो भी करता था। चंदू से कहता था, 'लिख ले'! चंदू भाऊ की खोली में ही रहने लगा। कभी-कभी खाना बनाकर पहुँच जाता। जहाँ भी ड्यूटी होती उसकी।

[भायखला के नीचे वो 'सारवी' होटल के पीछे से निकलती हुई एक गली है, उस पर एक आदमी ख़ोंचा लगाता था। बड़ा उर्दू जैसा लगता था। लाइसेंस नहीं था। भाऊ पहुँच गया एक दिन, डायरी निकाली और पूछा :]

भाऊ : क्या बेचते हो तुम?

[वो ख़ास लखनवी लहजे में बोला।]

ख़ोंचा वाला : ख़मीरे की गुलकंदियाँ!

[भाऊ चौंक गया।]

भाऊ : क्या?

ख़ोंचा वाला : ख़मीरे की गुलकंदियाँ, साहब!

भाऊ : वो क्या होता है?

ख़ोंचा वाला : खा के देखिए।

भाऊ : हूँ—अपन चा नाव काये? वो मराठी में बोला : "नाम क्या है?"

ख़ोंचा वाला : इस्हाक़ुल रहमान सिद्दीक़ी।

[भाऊ ने ज़ोर से कहा।]

भाऊ : हिन्दी में बोल, हिन्दी में।

[उसने दोहराया।]

ख़ोंचा वाला : इस्हाक़ुल रहमान सिद्दीक़ी।

रावी : भाऊ ने लम्बी साँस ली। पेंसिल डायरी पर रखी और पूछा।

भाऊ : छोटी 'इ' कि बड़ी 'ई'?

ख़ोंचा वाला : वो क्या है साहब?

[भाऊ ने डायरी बन्द की और बोला।]

भाऊ : देख मैं छोड़ देता है तेरे को। लेकिन रिपोर्ट में ये नहीं चलेगा। रिपोर्ट में तू बाबू है, और आलू बेचता है। क्या?

[इतने में चंदू पहुँच गया। भाऊ बोला।]

भाऊ : लिख ले—नाम हे बाबू, बेचता है आलू...! चंदू चार अठन्नी रखवा ले।

[और ये कहते हुए आगे बढ़ लिया।]

रावी : एक बार फिर कुछ ऐसा ही हुआ। चंदू को बुख़ार था वो गया नहीं। भाऊ ने आके बताया।

भाऊ : वो है ना...विनायक रावचा रास्ता।

रावी : ये उन दिनों की बात है जब देवा की तब्दीली, वार्डन रोड की तरफ़ हो चुकी थी। और खोली अब वर्ली में थी। चंदू ने फिर पूछा।

चंदू : हाँ तो विनायक राव मार्ग पर क्या हुआ।

रावी : चंदू को सब रास्तों के नाम याद थे।

भाऊ : एक गाय मर गई।

चंदू : किसकी थी?

भाऊ : पता नहीं। वो जो गाय लोग रोड पर इधर-उधर घूमती रहती हैं परिवार के साथ। उसको भी उसी रोड पर आकर मरना था साला। इतना बड़ा नाम... विनायक राव पटवर्धन मार्ग! कौन लिखता?... हिन्दी में?

[चंदू हँस पड़ा।]

चंदू : फिर क्या किया?

भाऊ : दो घंटा लगा। दुम से खींच-खींच के, खींच-खींच के दम निकल गया साला...दो घंटे लगे...दो घंटे में ले जाके सामने वाले रोड पर डाला।

चंदू : वहाँ क्यूँ?

भाऊ : बापू रोड! और लिख दिया।

चंदू : अठन्नी किसने दी?

भाऊ : जिसके दरवाज़े पर मरी थी।

रावी : भाऊ और चंदू की दोस्ती अब कई साल पुरानी हो गई थी। इस बीच में भाऊ ने कई जगह उसे काम पर लगाया, और कई जगह छुड़ाया। और फिर एक बार, एक पार्टी वाले से कह के, एक मिनिस्टर के उधर चौकीदार लगवा दिया।
चंदू अब पूरा मुम्बई वाला बन चुका था। मिनिस्टर साहब को भी बहुत भरोसा था उस पर। अपने निजी काम भी उसी को देते थे। ब्रीफ़केस पहुँचाना और ब्रीफ़केस लाना। अब उसी का काम था। उसने अठन्नियों में गिनना छोड़ दिया था। लेकिन बीच-बीच में अठन्नियों का लेन-देन चलता रहता।

[जगह बदल गई...स्टेज पर मिनिस्टर का दफ़्तर जैसा नज़र आता है।]

रावी : एक दिन एक बड़ा धमाका हुआ। बँगले पर!
मिनिस्टर साहब दफ़्तर में थे। चौंक कर खड़े हो गए। उसके साथ ही धड़ से चंदू आके गिरा फ़र्श पर। उसके पीछे एक बन्दूक़ वाला, AK-47 लिये खड़ा था।

मिनिस्टर : क्या...? क्या...? ये क्या है?

[और डाँट के बोले :]

मि. साहब : चंदू...! अन्दर क्यूँ आने दिया इसे?

चंदू : मैं कहाँ...साहब। ये मुझे लेकर अन्दर आ गया।

[वो लड़खड़ाता हुआ खड़ा हो गया। बन्दूक़ की नोक पर।]

मिनिस्टर : कौन हो भई तुम?...

रावी : मिनिस्टर की आवाज़ बन्दूक़ देखकर नर्म पड़ने लगी।

अजनबी : तुम्हें क्या लगता है?

मिनिस्टर : तुम तो...कोई टैररिस्ट लगते हो भई!

[टैररिस्ट मुस्कुराया। मिनिस्टर भी मुस्कुरा दिया।]

मिनिस्टर : इसे क्यूँ पकड़ रखा है?

[मिनिस्टर ने चंदू की तरफ़ इशारा किया।]

टैररिस्ट : ये मेरा 'होस्टेज' है।

रावी : मिनिस्टर ने भी मज़ाक़ किया।

मिनिस्टर : मेरा भी वही है!...'होस्टेज'!

टैररिस्ट : कब से?...ये तो बाहर घूम रहा था।

मिनिस्टर : मुझे तुम्हारी तरह बन्दूक़ नहीं दिखानी पड़ती। होस्टेज बनाने के लिए।

टैररिस्ट : तो कैसे पकड़ के रखते हो?

मिनिस्टर : पहले नोट से, फिर वोट से। पाँच साल के लिए।

टैररिस्ट : और फिर...?

मिनिस्टर : हर पाँच साल के बाद, हम मियाद renew कर देते हैं।

[टैररिस्ट ने पैंतरा बदला। बन्दूक़ सँभाली और बोला :]

टैररिस्ट : ये Leave and License का सिस्टम अब नहीं चलेगा।

मिनिस्टर : तो क्या चलेगा?

टैरेरिस्ट : इसी से पूछो। मेरे तुम्हारे बीच यही कॉमन है। कॉमन मैन!

[मिनिस्टर ने चंदू से पूछा।]

मिनिस्टर : बोलो—एक बार गोली खाके मरना अच्छा लगता है तुम्हें?...या....

[टैरेरिस्ट ज़रा सा सामने आया।]

टैरेरिस्ट : ...या...तिल-तिल करके...हर पाँच-पाँच साल में मरना अच्छा लगता है?...

[चंदू रुका ज़रा सा, दोनों को देखा। फिर जेब में हाथ डाला। टैरेरिस्ट ने धमका के पूछा :]

टैरेरिस्ट : क्या है जेब में?

[चंदू ने आराम से जवाब दिया।]

चंदू : कुछ नहीं एक अठन्नी है। टॉस (Toss) करके देखता हूँ।

[एक क़दम आगे बढ़ा। और जैसे ही अठन्नी उछाली, वो दोनों चिल्लाए।]

दोनों : हैड!!

रावी : शुक्र है वो अठन्नी वापस नहीं आई। वरना...उसके दोनों तरफ़ चंदू का हैड था!

Freeze

[मंज़र—ताजमहल के सामने...गेट वे ऑफ़ इंडिया... ।]

रावी : कुछ वहशी दहशतगर्दों ने
अपने जलते नाख़ूनों से मेरे शहर को नोच दिया है
झुलस गया है शहर मेरा
मैं मुम्बईकर हूँ...

कोरस : मुम्बई सगड़ी आम्ची आहे!

[एक-एक करके दूसरे अदाकार भी स्टेज पर आने लगते हैं। एक-एक किरदार नज़्म का एक-एक हिस्सा कहता है। ख़ास तौर पर वो लोग जो 'भायखला' फ़ुटपाथ पर थे।]

किरदार-1 : इस शहर का मैं सुलतान नहीं
मैं तो ईरानी होटलों में,
चाय 'मार के',
पाव क़ीमा खा के पला हूँ

किरदार-2 : टाउन हॉल की सीढ़ियों पर सोया हूँ मैं
चौपाटी पर कितनी रातें पत्तल चाट के काटी हैं

किरदार-3 : औंधा सोता हूँ जब मैं,
फ़ुटपाथ मुझे अपनी छाती पर लेते हैं

कोरस : मी मुम्बईचा...मुम्बई आम्ची...मुम्बई सगड़ी आम्ची आहे!

किरदार-4 : बन्द लगे, हड़ताल हुई तो
इसकी ख़ाली सड़कों पर क्रिकेट खेली है
गलियों में सिक्सर मारे हैं

किरदार-5 : गेटवे पर
सारी रात समन्दर मेरा

कूद-कूद के, रानें बजाकर कहता है आ...
हू तू तू, हू तू तू खेलें
पार्टनर है ये शहर मेरा

किरदार-6 : बरसों ताज के बाहर घूमा हूँ, और ताज के अन्दर झाँका है
हर मुम्बईकर एक बार तो इस होटल के दरवाज़े पर ठहरा है
मेरे ताज पे हमला हुआ है!!

रावी : ये जो कॉमन मैन है ना, आम आदमी, मध्यवर्गी, जिसे आम ज़बान *(हिन्दी)* में मिडल क्लास का कहते हैं।
ये सारी उम्र ऐसे ही आधा खाता है, आधा पीता है,
आधा हँसता, आधा रोता है, आधा जीता है,
मरता भी आधा ही है। इसकी ये अठन्नी सी
ज़िन्दगी कभी पूरा रुपया नहीं बनती।
अठन्नी सी...ज़िन्दगी!
कभी चाँद की तरह टपकी, कभी राह में पड़ी पाई
अठन्नी सी ज़िन्दगी, यह ज़िन्दगी...
कभी छींक की तरह खनकी, कभी जेब से निकल आई
अठन्नी सी ज़िन्दगी, यह ज़िन्दगी...
कभी चेहरे पे जड़ी देखी, कहीं मोड़ पे खड़ी देखी
शीशों के मर्तबानों में दुकान पे पड़ी देखी
चौकन्नी सी ज़िन्दगी, यह ज़िन्दगी...
तमग़े लगाके मिलती है, मासूमियत से खिलती है
कभी फूल हाथ में लेकर, शाखों पे बैठे हिलती है
अठन्नी सी ज़िन्दगी, यह ज़िन्दगी...

सलीम आरिफ़ का अभिनन्दन करते भारत के भूतपूर्व प्रधानमंत्री आई.के. गुजराल (बीच में)

सलीम आरिफ़ के अभिनन्दन के मौक़े पर अमजद अली ख़ान, गुलज़ार और यशपाल शर्मा

गुलज़ार के साथ सलीम आरिफ़ : दो लम्हे

'लकीरें' के प्रदर्शन के बाद गुलज़ार, अमित जयरथ, कुलदीप नैयर और सलीम आरिफ़ (बाएँ से दाएँ)

बाएँ से दाएँ—सलीम आरिफ़, जावेद सिद्दीकी, गुलज़ार (बैठे हुए)
बाएँ से दाएँ—किरण कर्मारकर, लुबना सलीम और हर्ष छाया (खड़े हुए)

'अठन्नियाँ : मुम्बई महानगर की...' नाटक में लुबना सलीम